Fan
ファン文庫
TearS

書店であった泣ける話

〜一冊一冊に込められた愛〜

株式会社 マイナビ出版

TearS

CONTENTS

きっと、この世界へ

溝口智子

今日は少し離れた町の書店にしよう。詩織《しおり》はそう決めて校門を出た。中学に入学して二ヵ月、学校の図書館では、探している本に出会えなかったのだ。

目当ての書店に入ると、レジに立っているエプロン姿の青年が、明るい声で「いらっしゃいませ」と詩織を出迎えた。三方の壁に書棚があるだけの小さな店だ。客は詩織一人だけ。とても都合がいい。

ちょっと背伸びをして、一番上段、右端の本の背表紙に触れ目を瞑《つぶ》る。しばらくじっとして、目を開ける。少し移動して隣の本の背表紙に触れ、また目を瞑る。それを繰り返しながら移動する詩織を、店員は不思議そうに眺めていた。

「本を探してるの？」

詩織は驚いて振りかえった。すぐ側まで来ていた店員が慌てて謝る。

「ごめん、急に声をかけて。もし、探している本があるなら手伝うよ」

詩織は眉を顰《ひそ》めて店員を軽く睨《にら》んだ。

「探してる本はあるけど、手伝ってもらわなくていいです」

詩織は店員に背を向けた。その様子は、厳しい修行をしているかのように毅然としている。店員は睨まれることを覚悟で、もう一度、話しかけた。

「探してるのって、どんな感じの本なのかな。小説も絵本も触ってるけど、ジャンルはどんなもの？」

詩織は小さくため息をついて、店員に向き直った。

「ジャンルはなんでもいいんです、私のための本なら。きっとどこかにあるから、あちこち探し続けてるんです」

「そうだね、誰にも絶対に、自分のための本ってあるよね」

その言葉に驚いて詩織は目を見開き、店員を見上げた。

「本当に、そう思ってるんですか？　本気で？」

「もちろん。僕もそんな本を探す気持ちで読んでるよ。ただ、好きなタイプの本ばかりになりがちなんだけど。いつもはどんなものを読んでるの？」

「本は読みません」

店員は首をかしげた。

「読まないのに本を探してるの？」

「そうです。私は本の世界に行くために本を探してるだけ」

意外な答えに店員は言葉が出ない。詩織は皮肉を込めた笑みを浮かべた。

「読みもしないのに本屋に来るなって思ったでしょ」

「いや、そんなこと思わない。けど、本の世界っていうのは、どういうこと？」

当惑した様子の店員を詩織はまた睨んだ。だが、しばらく待っても、店員は真摯《しんし》に詩織を見つめてくる。詩織は居心地悪そうに目をそらして、手近な本に手を伸ばした。

「こうやって背表紙に触れて目を瞑って念じるの。そうしたら本の世界に入っていける。でも、それは自分のためだけの本で起きること」

「それは素敵だ」

思いもよらない言葉が店員の口から出て来た。詩織はそっと窺うように視線を動かして横目で見上げる。

「無理に話を合わせてくれなくていいです」

「本当に素敵だと思うんだ。本が好きな人なら誰だって、そうだよ」

詩織は顔を上げた。店員は真剣な表情で詩織を見つめている。

「よし、探そう」

「え？」

店員はきょろきょろと書棚の本を見回し、小説を一冊、引き抜いた。

「これはどうだろう。素晴らしい世界観なんだ。ほら、ここなんか……」

ページを開いて見せようとすると、詩織はぎゅっと目を瞑って顔を背《そむ》けた。

「ネタバレするから！」

「ネタバレ？」

店員は首をかしげつつも、ページを閉じた。詩織は薄目でそれを確認して、
ほっと息をつき、目を開けた。

「本当にその本が私の本だったら、ネタバレするから見せないで」

「もしかして、本を読んだ後でその世界に入ったら、知ってることだらけで面白くないって思ってるのかな。だから本を読まないの？」

あっけにとられたといった表情の店員を、詩織は上目遣いに睨む。

「馬鹿だって思ってるんでしょ」

睨まれた店員は、まじまじと詩織を見つめる。それはいつも向けられてきた、見飽きた視線。詩織の話を聞いたときの大人の反応だ。次もわかりきっている。子どもみたいな夢を見るな、大人になれ。きっとそう言うはずだ。

「ちょっと待って」

店員はそう言いおくと、店の奥の棚に行き、一冊の本を取って来た。週刊誌より一回りほど大きなサイズのその本の表紙は、真っ赤に輝く海だった。

「この本ならどうだろう」

店員は詩織に『The Sea』というタイトルのその本を差し出した。

「幻想的なイラスト集だよ。見れば見るほど行きたくなる。きっと飽きない」

そう言って、店員は表紙をめくった。詩織はやめさせようと口を開きかけたが、それより早く、一ページ目のイラストを見てしまった。真っ暗な宇宙空間に浮かぶ海だけの惑星。ただ青く透明で、泡立つ波が宝石のようにきらめく。

「こんな世界に行けたら、幸せだろうなと思うんだ」

店員は次々にページをめくる。オアシスのように砂漠に湧いて波立つ海、極寒の地で凍りついた海、太陽の光をたたえて燃えるような赤い海。海はただ青一色だけだと思っていた詩織はさまざまな海のイラストに見入った。まるで今、目の前で見ている景色であるかのように胸に迫る。どんなに遠い異世界だったとしても、この海は確かにあって、探せば辿りつけるのだと思えた。

「試してみる？」

店員は優しく微笑む。詩織はおずおずと手を伸ばそうとした。

「大沢《おおさわ》」

突然、背中に声をかけられた詩織は、驚いて振り返った。

「……鈴木《すずき》」

「なにやってんだ、こんなところで」

そこにいたのは中学校の制服を着た少年だ。いぶかしげに言う少年、鈴木から距離を取ろうとするように、詩織の足はじりじりと後ろに下がっていく。

「あんたこそ、なにしてるのよ」

詩織の声は小さく、かすかに震えていた。鈴木はそんなことにはおかまいなしに、手にしている数学の参考書を掲げてみせた。

「買い物」

鈴木は詩織の肩越しに、ひょいと店員の方に視線をやった。店員が抱えている本を見て、意地の悪い笑みを浮かべる。

「また探してるのかよ、妄想の世界」

「私が探してるのは、妄想の世界なんかじゃない」

そう言った詩織に睨みつけられて、鈴木は逃げるように顔を背けた。逃げ腰なのをごまかすかのように、書店員に話しかける。

「こいつ、妄想癖があるんですよ。本の世界っていうものがあって、そこに行けると信じてるの。試験が目の前なのに勉強もしないでさ。そろそろ現実を見ないとだめだって教えてやってくださいよ」

詩織は鈴木に食ってかかった。

「また私を馬鹿にするのね。盗み聞きした情報をべらべら喋《しゃべ》ってまわって」

「なにが盗み聞きだよ。ドアを開けっぱなしで話してたんだから聞こえて当然だろ。授業をさぼって司書室に入り浸ってるくせに偉そうにすんな」

「私がどこでなにをしてようと関係ないでしょ」

「クラスメートだから心配してやってるんだろ」

鈴木は言葉とは裏腹に、憎々し気に詩織を睨む。

「いっつも図書館の隅で妄想に耽《ふけ》って、無駄な時間過ごしてさ。お前が触ってる本なんて、誰かが作った嘘なんだよ。本当にあるわけないだろ」

唇を噛み顔をそらした詩織に、鈴木は参考書を突き付けた。

「どうせなら、こういう役に立つ世界に旅立てば？　本の表紙を触ってる時間があったら、公式をひとつ覚えた方がいいんじゃないか、大沢は」

目を背けたまま詩織は動かない。鈴木はいらだったような声で言う。

「いいかげんさ、馬鹿みたいな遊びはやめろよ。もう中学生なんだぞ。現実を見ろって担任にも言われてただろ」

詩織は強く唇を噛んだ。鈴木はまだなにか言おうとしていたが、店員の視線に気づき、口を閉じた。そのままレジに向かった鈴木に続き、店員も詩織の側を離れた。詩織はぎゅっと両こぶしを握りしめる。

「……行くんだから」

ぼそりと呟《つぶや》いた声を聞き留めて鈴木が振り返った。

「絶対に行くんだから」

そう言うと、店員が手にする『The Sea』を奪い取り、叫ぶ。

「本の世界は絶対にある！　あんたたちが笑っても馬鹿にしても、私はやめない。ぜったいに探し出す」

鈴木は顔を顰《しか》めて、詩織の強い視線から逃げるように目をそらした。

「なんで信じていられるんだよ、そんなあり得ないこと」

「あり得ないなんて、誰が決めたの？　誰か本気で本の世界に行こうとした人を知ってるの？　もしいたとして、その人が本の世界に行けなかったのは、その人が途中で探すのをやめたから。私はあきらめない」

鈴木は目を泳がせて呟く。

「お前だって、行けないよ。誰も行けないんだ。だからあきらめろよ」

「いや。絶対にいや」

「なんでだよ！」

鈴木が語気荒く言い募る。

「おとぎ話の世界じゃないんだぞ、ここは！　本は作りもので、書いてあることは嘘ばっかりで。そんなものばかり見てたら、まともな大人になれないぞ」

「まともな大人って、なに。人の夢を嘲笑《あざわら》って踏みにじるモンスターみたいなやつらがまともだっていうなら、私はそんな大人にならなくていい」

詩織の強い視線から逃れようとするかのように、鈴木は下を向いた。詩織は落ち着いた声で静かに話し続ける。

「生きている人みんなの夢が叶うわけじゃないって、私だって知ってる。でも、それは夢を捨てる理由にはならないでしょ」

鈴木の視線が宙をさまよう。詩織に向けられていた蔑みの色は消えていた。

「なんで大沢は笑われても平気なんだよ」

「平気じゃない。すごく悔しいし泣きそうになる。でも、そんなことどうでもいい、絶対にあきらめないって思えるくらい、本の世界に行きたいの」

なにも言えずに唇を噛む鈴木に、詩織が真剣な表情で尋ねた。

「鈴木は、どうして私のことを放っておいてくれないの。ありえない妄想を信じてる馬鹿なんて無視してればいいでしょう」

「腹が立つんだよ。お前ひとりだけ夢があって信じてて、ずるいじゃないか」

詩織は、じっと鈴木を見つめた。鈴木は苛立ちを真っ直ぐにぶつけようとしているかのように、強く詩織を睨む。

「夢なんか捨てろよ。俺みたいに、なんにもない人生を選べよ」

詩織はふと表情を緩めた。鈴木が本音で話そうとするなんて初めてだ。

「鈴木は、どんな夢があったの」

「ないよ、夢なんか」

「私は馬鹿にしない、あきらめろなんて言わない。だから、話してよ」

鈴木はこぶしを握り締めていたが、詩織が抱きかかえている『The Sea』に目をやると、ふっと肩の力を抜いた。表紙を見つめたまま重い口を開く。

「俺も小さいころ、本の中に入れるって思ってたんだ。友達にからかわれて、すぐに信じることをやめてしまったけど。俺は本なんか作りものだって言われてあきらめた。本が現実になるって思えなくなって」

本の表紙を悲し気に眺めながら鈴木は続ける。

「赤い海なんてありえないって。そう言われたら信じる気持ちなんか消えちゃうのが普通だろ。だって、本当にあり得ないんだから」

「そんなことないよ」

レジの方から店員が言った。二人が振り向くと、店員は優しい笑顔を見せた。店の奥の棚に近づいて、また一冊の本を取って来ると鈴木に差し出した。それは南洋の小島を特集した旅行雑誌だった。

「見て」

開かれたページには、真っ赤な海の写真が見開きいっぱいに広がり、輝いている。詩織が驚いて声をあげた。

「うそ、本とそっくり……」

呆然とする詩織と鈴木のために、店員は旅行雑誌のページをめくる。

「きっと『The Sea』の作者は、この風景を心に刻んでイラストを描いたんだと思うよ。本は作りものだけど、それを描いた人が感じたことは本物だ」

詩織は鈴木に『The Sea』を差し出した。鈴木は素直に受け取り、表紙のイラストに見入る。赤い波が魅惑的に、こちらへおいでと誘っているかのようだ。一歩踏み出せば、すぐにでもここへ行ける。そう思えた。

「本は全部嘘じゃなかったのか？　妄想が詰まった作りものじゃないのか？」

詩織は力強く言いきる。

「本の世界はある」

「じゃあ、あきらめた俺はなんだったんだよ。本なんか嘘ばっかりだって言ったやつの方が嘘だったんじゃないか。どうして俺は……」

鈴木は寂しそうに呟いた。

「俺は、なにがあっても夢を信じ続けるお前がうらやましかったんだ」

言葉をかけようか、だがそれは鈴木を傷つけることになるだけだろうかと迷った詩織がちらりと見上げると、店員が微笑み、頷《うなず》いてみせた。詩織はぎゅっと口を引き結んでから、ゆっくりと言った。

「お帰り、本の世界に」

鈴木が顔を上げた。詩織の目を見て、顔を歪《ゆが》め、泣きそうな表情になる。

「ただいま」

そう言うと鈴木は本の背表紙に指を触れ、そっと目を閉じた。『The Sea』は鈴木を待って、ずっとここにあったのだろう。

次は自分の番。詩織は自分のためだけの本を探して、高く手を伸ばした。

人生を買いに

朝来みゆか

これだ。これで間違いなく死ねる。紗世《さよ》は息をひそめて書棚に手を伸ばした。

『身近な薬草・毒草図鑑』

指が届く寸前、横から伸びてきた手がその本をかっさらっていった。若い男。制服を着ていないから断定はできないが、高校生だろう。少年といっていい顔つきだ。他にも数冊の本を抱えている。

早歩きで遠ざかる背中を、紗世はあわてて追った。

少年は書店を出て、エレベーターの前へ向かう。

「君、ちょっといいかな」

道をふさぐように現れたのは、エプロンをつけた書店員だ。

ということは——万引き。

紗世は急ぎ近寄った。全身をこわばらせた少年に笑顔を向ける。

「やだぁ、今日はわたしが払うって言ったじゃない」

「え？」

「弟なんです、この子。すみません、すぐにお支払いしますから」

戸惑い顔の書店員に会釈。少年の袖を引っ張り、レジへ連れていく。

必要なのは一冊だけだ。財布に余裕はないし、写真集だのＩＴ関係の専門書だの、彼が盗もうとしていた他の本に興味はないけれど、なりゆき上、すべて購入した。以前、ＷＥＢアンケート回答の謝礼としてもらった図書カードが役に立った。

「たまにはお姉ちゃんにいい顔させてよね。いつも助けてもらってるんだから」

口から出まかせの言葉が止まらない。上京して六年目。職場でセクハラを訴えたところ、派遣の契約が延長されず、現在無職。お金を貸した恋人は音信不通――そんなもろもろに蓋をして、おせっかいな姉を演じる。

書店と同じフロアにあるカフェに入ると、少年は少し落ち着いたようだった。

紗世は書店の袋を開けた。目的の本を取り出して尋ねる。

「これ一冊だけもらっていい？　他は君にあげる」

少年が眉根を寄せ、「僕も欲しいんですけど」と言った。

「あら。お金を払ったのはわたしだし。他の本は全部あげるって言ってるのに？」

「その図鑑は駄目です」

「……万引きの目的は？　転売するつもりだったの？」

「ちょっ、お姉さん、声が大きい」

「だって君が譲ってくれないって言うから」

「……」

「譲ってちょうだい。お芝居の脚本を書くのに必要なの」

「僕も、どうしても欲しいんです。やっと見つけたんだ」

「わたしが先に読んで、譲る。住所を教えてもらえたら、一週間以内に郵送する。古本だって、売ればいくらかになるでしょう」

「何日も待てないです。それに、その図鑑は売るんじゃなくて、僕が読みたい」

「仕方ないわね。……じゃ、君が先に読んで、次にわたし。どう？」

少年はうなずき、康介《こうすけ》と名乗った。


翌日、待ち合わせの場所に現れた康介は申し訳なさそうに言った。

「すみません、読みきれなくて」

本の厚みの五分の一くらいの位置に栞が入っている。

「今日も持って帰る？」

「いえ、順番で。お姉さんも読みたいんですよね？」

「……ありがとう。じゃ、今日はわたしが借りるね」

本の受け渡しが済めば、もう用はない。

それでも何となく立ち去りがたくて、どちらからともなく近くの公園へ向かう。

「オオイヌノフグリ、ハコベ……無毒、無害な草ばかりよね。当たり前だけど」

「物知りですね。もしかしてそういうの常識ですか？」

「田舎育ちなだけよ」

思い出したくない子ども時代がふっとよぎる。優秀な兄や姉と違って、できそこないの末っ子は、親に放っておかれた。仕事と恋人を失った今でも、故郷に帰るつもりはない。

「お姉さんの書く脚本、楽しみだな。殺人事件が起きるってことは、サスペンスですよね」

「ううん。自分を殺すの」

「自分なら罪に問われないですね。どうして他人を殺すのは罪になるんだろう」

紗世は言葉を探した。何か答えなきゃと思う。でも何も出てこない。誰かの命を奪うくらいなら、自分が消えてしまった方が楽だ。生きるのに疲れた今、他人を憎むパワーなど残っていない。

康介はブランコに腰かけ、ゆっくり前後に揺れながら、再び口を開いた。

「脚本には何人登場するんですか？」

「まだ決めてないわ」

「一人じゃないですよね。主人公が自殺したのに発見者がいなかったら、話が終わってしまう」

「確かに……そうね」

現実は芝居よりも厄介だ。無職の独り暮らし女性が死亡した後、たとえ遺書が残っていても不審死である以上、警察は周囲の人間を調べるだろう。

つまり紗世の死後、康介は事情聴取される可能性がある。同じ本を手に入れようとしただけなのに、あれこれ問いただされるのは気の毒な気がする。

図鑑を受け取り、翌日も書店の最寄駅で会う約束をして別れた。

駅ビル一階の花屋には、つやつや輝く花々が売られている。

「水仙でも鈴蘭でも、大量に用意すれば死ねる可能性はあるわね。実際に、水仙を生けていたコップの水を飲んだ子どもの事故もある」

「へえ。もう読み終えたんですか？　すごいな」

「猛毒なら、摂取は少しでいいんだけど、やっぱりこの近くでは手に入らない。山に登って、生息地にたどり着くまでコストもかかるし、根性がいるわ」

「薬局じゃ毒なんて売ってくれないですしね」

「そんなこともないのよ。たとえば消毒薬は、瓶一本飲めば命に関わる。洗剤だって、お醬油だって、極端なことを言えば水だって、大量に飲めば人間は死ねるの。問題は、致死量まで飲むのがとても大変だってこと」

「楽には死ねないんですね」

「そう。だからほんのわずかな量で済む毒草を知りたかったんだけど」

「僕、醬油を一リットルとまではいかないけど、たくさん飲んだことあります。正確に言えば、飲まされた。……助けてくれた奴がいて、このとおり生きてます」

康介はぽつりぽつりと生い立ちを語った。高校まではいじめられつつも、心許せる友達がいたこと。進路が分かれて疎遠になったこと。専門学校でまたもいじめに遭い、お金をたかられていること。そのすべてを、厳格な父親に言い出せないこと。

「お母さまは？」

「昔、出ていったきりです。今後も会うことはないと思います」

「そう」

紗世も自分の境遇を語った。みるみるうちに康介はしょげ返る。

「……そんなに困ってたなんて僕、思わなくて、すみません」

「いいのよ、言わなかったのはこっちだから。図鑑以外の本は？　もう売ったの？」

「まだです。せっかくだから、手放さずに読んでみます。紗世さんが買ってくれた本だし、交互に読んだらいいかと思って……どうかしました？」

「ううん」

名前を呼ばれて、胸の奥が震えた。困る。現世への未練は断ち切ったはずなのに。どうしてときめきに似た感情が起こってしまったのか。

康介が盗もうとした本を読む。ページをめくっていると、ときに圧倒される。文章の一節。一枚の写真。世界のどこかに、こんなすごいものを生み出した人がいるなんて。

紗世は自分を、社会で生きる価値のある人間だと思ったことがない。でも、明日の約束がある。次の本の感想を康介と言い合うまでは生きていようと思う。

そして願いを重ねる。康介にはできるだけ笑っていてほしい。序盤につらく苦しい思いをした分、どうかこの先は、いい人生を。

「この本、処分しようと思うんだけど」

ケーキ工場でのアルバイトを終えた後、紗世は図鑑を差し出した。

二人の間を往復し、読み込んだ本。手放すことで、完全に自殺願望を吹っ切れる気がする。

「脚本は書き終わったんですか」

「まだだけど、もういらないの。もしかして、康介くん必要？」

「記念に取っておきます」

「記念？」

「あのとき、紗世さんが僕と本屋さんの間に入ってくれなかったら、今頃……僕は、ここにいない。この本は、僕という人間が生まれ変わった証です」

「わたしも、康介くんがこの本を持っていかなかったら、今ここにいないと思う」

本来は接点がなかった二人。

ネットを検索しているだけでは出会えなかった。本が、書店が、二人を結びつけた。

「紗世さん。本の貸し借りをしなくても、これからも会ってくれますか」

「うん」

「僕も働き始めようと思うんです。自分の使うお金は自分で手に入れたい」

「前に言ってた、いじめてる子っていうのは……」

「大丈夫です。もう僕、奴らの言うことは聞きません。父親とも向き合って、ちゃんと話そうと思います」

意志を感じさせる強いまなざし。大丈夫。この目に宿る光を信じていい。紗世はうなずいた。


それから一年後、康介はすっかり大人の顔つきでプロポーズをしてくれた。紗世は舞い上がりつつ、年上の余裕を装って受け入れた。

幸せだ、と生まれて初めて思えた。……だけど。

「あのね、夫婦になる前に、聞いてほしいことがあるの。ずっと言えなかった秘密」

「何？　紗世さんのことなら、僕、何でも知ってると思うけど」

「本当はわたし、脚本なんて書いてないの。自分が自殺に使うために、あの本が必要だったの。黙っててごめんなさい。もしかして……気づいてた？」

康介は視線をそらし、肯定も否定もしなかった。

「僕も、紗世さんに話してないことがある。――一年前、僕は犯罪を企ててた」

「犯罪？」

「いじめられてたことは話したよね。僕、いじめてくる人間を殺そうと思ってたんだ。殺してやろう、もうそれしかないって。毒を盛るために、奴に近づくつもりだった。でも、その後はどうなるんだろうって。奴を殺した後、どんな顔で紗世さんに会えばいいんだ、と思って……」

どうして見抜けなかったのか、と思った。そこまで追い詰められて苦しんでいたことに気づけなかった。でももし知っていても、彼のために何ができたかと自問すれば、何もできなかったように思う。

「軽蔑した？　僕を嫌いになった？」

「ううん」

重い沈黙を振り払うように、紗世は立ち上がる。

「まだ駅ビルあいてるよね。行かない？」

「最初に会った場所？」

「そう」

あの日、あの瞬間、同じ本を求めた偶然から始まった。

今、大好きな人と一緒に、新しい一冊を探しにいく。人生を終わらせるためではなく、始めるための本がきっとあるはずだから。

書店は変わらず営業していた。駅には大勢の人が行き交い、そのうちの何人かが書店のまぶしい明かりのもとへ吸い込まれてゆく。

やや緊張した面持ちで足を踏み入れた康介が、雑誌の棚の前で立ち止まった。

紗世は、書店内を歩く人々を眺めた。あの少女は何を買ったのだろう。疲れて見える中年男性。家族はいるんだろうか。どんな仕事に就いているんだろう。

あの人、その人——きっといろいろな事情を抱えて、ここに来た人たち。

雑誌をめくっていた康介が、紗世を手招いた。

「いっぱいあるみたいだよ」

「何?」

「脚本のコンクール。小説とか童話も」

康介が開いたページには、びっしりと公募情報が載っていた。

新たな才能が求められる場がこんなにもある。作品を練り、応募する人たちもきっと大勢いるのだ。知ろうとしてこなかった世界が垣間見えた。

「書いてないって言ったのに」

「これから書けばいいんじゃないかな」

「そんな簡単に言うけど……」

「書けるよ。応援する」

康介が優しい笑顔を見せる。紗世は思う。この人が信じてくれる十分の一くらいは、自分を信じてみよう。何かを生み出すのは並大抵のことではないかもしれないけれど、一文字ずつ紡いでみたい。

そしていつか、絶望から希望へ向かう物語が、誰かを勇気づけられたらいい。

「ありがとう。……買ってく」

康介が微笑み、別の雑誌を手に取る。

「これも。お会計は一緒でいいよね」

「うん」

夫婦共通の財布を用意して、これが最初の買い物だ。二冊の雑誌。ささやかな、明日への投資。

取り置きされたままの一冊の本と

新井輝

店の外には春先らしい強い風が吹いていた。おかげでもう少しで満開の桜が散り始めている。私はそれをもったいないななんて思う。

「風見《かざみ》さん、例の本、もうそろそろ返本したら？」

お店のカウンターに立ってぼーっとしていた私に店長が話しかけてきた。もうけっこうな歳《とし》なのに、意外と細かい面倒くさいタイプのおじいさんだ。

ちなみに風見というのは私の名前。風見紫穗《しほ》。大学卒業直後から駅前の小さな本屋さんで働く、一言で言えば地味で冴えない女である。

「返本ですか……」

私はカウンターの内側にある本棚に視線を落とした。そこには店長の言った『例の本』があった。どこの書店にも置いてある少し昔のベストセラーの文庫。手帳のような外観のカバーをわざわざつけてあるのは、私の知り合いから取り置きを頼まれた特別な一冊だったから。

在庫のないその本の取り寄せを頼んできたのは、一文字《いちもんじ》クンという大学時代の知り合い、私の人生では珍しい男の友達だ。

「もう他所《よそ》で買っちゃったに決まってるよ」

「で、でも取りに来ると言ってたので」

店長とのやりとりは一度や二度ではない。なのに返本を承諾できないのは、一文字クンが一方的に約束を破る人間とは思えないからだ。むしろ彼は約束を平気で破ろうとする友達を叱って周りに引かれるような男だった。そんな彼が自分が頼んだ本を忘れたり、他所で買って済ますとは私は思いたくなかった。

「あと三日。それで取りに来なかったら返本か買い取りだよ！」

店長の言葉からは今回こそは絶対に見逃さないという圧を感じる。

「わかりました、あと三日待ってください」

それでも私は店長の言う通りにはしたくなかった。それはきっと、一文字クンを信じたかったからだ。

なのに一文字クンが来ないまま約束の三日が過ぎてしまった。

この二日間、お客さんが来る度に一文字クンかと期待しながら過ごしていた。

今日も同じようにしていたら、夕方、一人の女性がやってきた。

「一文字の代理の者なのですが、以前、取り寄せをお願いした本を……」

ドン引きするほどの美少女だった。歳は二十歳《はたち》か少し上くらい。長くまっすぐな黒髪もキラキラと輝いてるように見えた。

「は、はい。取り置きの本の受け取りですよね」

我に返った私はそう言いながら例の本に手を伸ばす。しかしそこで動きが止まった。いや、待てよと思ったのだ。

「委任状のようなものはお持ちでしょうか？」

この美少女が何者かわからなかった。

「……持っていません。それが何か問題ですか？」

「であれば、申し訳ありませんがお渡しできません」

わざわざ代理人を騙《かた》って手に入れるほどの希少本ではないけど、本人でなければトラブルの因《もと》になる。だから確認が必要だった。

「委任状なんて……持ってこられる訳ないでしょ……」

黒髪の美少女は小さく呟《つぶや》くと固まってしまった。

「あの……どうかしましたか？」

「……そんなもの……どうすればいいっていうの……？」

そして綺麗な顔をクシャクシャにしてそのまま泣き始めてしまった。

店内に気まずい空気が流れた。他にいたお客さんも何があったんだと私の方を見る。困って私は助けを求めて奥の方にいる店長を見た。でも店長はどこかに行くようにと言うようなジェスチャーを返すだけだった。

「……あの、お客様、ちょっと外でお話を聞かせていただけますか？」

仕方なく私は店長の指示通り、美少女を連れて外に出ることになった。

「ごめんなさい」

彼女が落ち着いてくれるには、近くの自販機で買ったジュースを渡してなおまだ時間が必要だった。

「店員さんの対応がどうこうじゃなくて……私、来る前から泣きそうだったもので……最初から無愛想なヤツだと思われましたよね……」

すぐに謝ってくれる辺り悪い人ではなさそうだけど。

「いや、その……驚きはしましたけど、怒ったりしてるわけじゃないので」

私はどんどん沈んでいく彼女にフォローの言葉をかける一方で、なんの話をしてるんだろうと思う。

「その……本人にしか渡せないというルール、どうにかなりませんか？」

「本人が来られない理由でもあるんですか？」

私からすれば当然の疑問。しかしまた彼女は泣き始めてしまった。

「えっと……」

どうしようと途方に暮れたところで、彼女が口を開く。

「圭介《けいすけ》さんは……交通事故で今も意識不明なんです」

圭介というのは一文字クンの名前だ。この美少女は一文字クンを下の名前で呼ぶらしい。どういう関係なんだろうと思ったけど、それどころじゃない言葉が聞こえた。

「交通事故で……こちらに本を受け取りに行く途中だったみたいです」

言われて、常連のお客さんが事故現場を見てしまったと青い顔でやってきたことがあったのを思い出した。その時は、それでも本は買って帰るんだななんて笑ってしまったけど。

「あの時の事故、一文字クンだったんだ……」

数日後、休みが取れた私は病院に来た。黒髪の美少女（颯《はやて》さんと言うらしい）にお見舞いに行ってあげて欲しいと頼まれていたから。

今も意識不明の重体なんて言われたから、集中治療室で色々な管に繋《つな》がれてるみたいなイメージだったけど、そこまでではないらしい。

それでも実際に病室まで来ると、言葉が出なくなった。

薄暗く、不自然なまでに静かだ。そこに、ベッドでただ寝ているだけの一文字クンがいた。肌も青白くやせ細り、本当に生きてるのか心配になるレベルだ。

「こんなんじゃ本を取りに来るなんて無理だよね」

私はこんな状況を想像すらせず、店長にせっつかれるたび一文字クンが悪いみたいに思っていた気がする。それに気付くとすごい恥ずかしい。

私は椅子を探すとベッドの横に置いてそこに座る。そしてめくれた掛け布団からはみ出していた彼の手に触れる。

温もりを感じた。生きてるのがわかった。それでホッとしたのか、私の中に大学時代の想い出が蘇ってきた。

同じ講義を取ってる人たちで飲み会を開くって時のこと。ある女子が私のことは誘わなくていいんじゃないかと言い出した。どうせ断るに決まってるというのが理由だった。私は愛想のいい方じゃなかったし、そう思われても仕方ないところもあった。自分でもしょうがないと納得したくらいだ。

でも一文字クンはそれに怒ってくれた。私には断る自由はあるけど、みんなでと言ってるのに誘わないのはおかしいと。

それで飲み会にも行けた。場を盛り上げるのには少しも貢献できなかったけど、私は楽しかったし、他の人との距離もそこから少し近くなったし、一文字クンとも仲良くなれた気がした。飲み会の時も、その後も彼は私のことをちょくちょく気に掛けてくれた。

「歓迎されていない中、誘ってくれて嬉しかったのに。ありがとうってそれだけのことがどうして……言えなかったかな、私」

私はお礼の一つも言わず、ずっと自分に言い訳していた。

泣いてしまいそうだった。そんな情けない自分を思い出すだけで。

「風見さん、来てらっしゃったんですね」

それでも泣かずに済んだのは、その時、颯さんが来たからだ。

「お忙しいところありがとうございます」

感謝の言葉のはずなのに、そこには冷たさを感じた。見舞いに来て欲しいというのは社交辞令で私は空気読めない痛いヤツだと思われたのかも。

「それじゃ私はこれで……」

だから私はそそくさと帰ろうと思ったのだけど、引き留められた。

「良ければ話しかけてあげてくださいませんか？　お医者様によると外からの刺激があった方がいいそうなんです。私も努力していたんですが、私ではダメみたいで」

「いや、颯さんがダメなら私なんてもっとダメだと思いますけど……」

私はフォローのつもりだったけど、颯さんは怒ったみたいだった。

「風見さんにお願いしたいんです！」

「は、はい！」

勢いで承諾させられてしまった。しかし話しかけようにも正直、話題はないし、颯さんが見てるので個人的な話もしづらかった。

だから私は本を読むことにした。結局、買い取ることになってしまった、一文字クンが予約していた本を持って来ていたのを思い出したのだ。

「そのカバー……圭介さんは今でもアナログ派ですからね。わざわざ買ってきてくださったんですね」

颯さんは私が取り出した本のカバーの理由がわかったようだ。

一文字クンが今時、手帳を愛用してるのを知ってたから、私はそれに合わせたのだ。

「予約してた本があったことに気付けたのは、圭介さんの手帳を見たからなんです。でも勝手に見たってバレたら怒られそうですね」

颯さんの言葉で私は色々わかってしまった。先日になってやっと取りに来たことか、颯さんと一文字クンの距離の近さとか。

「読み聞かせでもいいですか？」

だけど私はそこには踏み込まず、話を戻した。

「読みたがってた小説だから喜ぶと思います」

そう言っていた颯さんだけど、読み聞かせを始めてしばらくすると部屋を出て行ってしまった。何か悲しいことを思い出させてしまったのかもしれない。

「明るく楽しい話にすれば良かったな」

一文字クンが取り寄せた本は、読むのがつらいタイプの小説だった。私はそういうのも好きだし、最後は文句なしのハッピーエンド。そこが世間でも支持された。とは言え、今の颯さんに聞かせるのには重すぎたかもしれない。

私は自分の気の利かなさに呆れながら読み続けた。

あまり分厚くないけど二時間くらいは読んでいたと思う。でも颯さんは戻って来なかった。だから、部屋はまた静かになった。

「私の好きな本、一文字クンにも好きって思ってもらいたかったな」

どうしようと思っているうちに、思いがこぼれて落ちたようだった。でも一文字クンからの反応はない。

好きじゃなくてもいい。嫌いでもいい。何か返事をして欲しかった。でも一文字クンは何も言ってはくれない。だから颯さんは悲しんでいる。それを理解すると私の心はどんどん沈んでいった。

「好きだよ、俺も」

落ち込む私を引き上げてくれたのは、そんな一文字クンの声だった。体は起こさず、首だけこっちを向けて彼が私を見ていた。

「ずっと聞いてたよ。意識はあったから。ただ体が動かなくて」

嬉しい報《しら》せであると同時に私には恥ずかしい指摘でもあった。

「ありがとうって言ってくれたのも聞いてたよ。俺、あの時、余計なことしたかなって心配してたんだけど」

「嘘じゃないです！　本当……ありがとうございました。嬉しかったです」

やっと言えた。そう思った時、病室の扉が開いて外の光が差し込んできた。逆光で人が立ってるのが見える。颯さんだった。颯さんは一文字クンが反応をしたのを見るとベッドに飛び込み彼にすがりつき子供みたいにワンワンと泣き始める。

「なんだよ、颯。お前、そんなキャラだったか？」

なのに一文字クンは苦笑いするだけだ。二人の距離の近さをまた感じる。二人の間には邪魔な壁など何もない感じが見てるだけでわかる。

「じゃあ。私はこの辺で……帰りますね……」

「何か急ぎの用でもあるの？」

「いえ、ないですけど……あとは彼女さんにお任せした方がいいかなと……」

私の言葉に一文字クンは不思議そうな顔をする。

「彼女？　コイツ、妹だけど」

私は自分でも驚くほど、ホッとしてしまった。妹だから距離感が近かったんだ。

「……あ、そうだ、これ、もうさっき読んじゃったから内容は知ってるだろうけど」

落ち着いた頃合いを見計らい、本を渡すことにする。色々あったけど、これは一文字クンに渡すべき本だと思ったからだ。でも颯さんに反対されてしまった。

「本は兄が取りに行った時に渡してください。そこは私、譲れません！」

「……なんでそんな回りくどいことを？」

本当に颯さんの考えてることがよくわからない。

「兄は回りくどいことが好きなんです……でなければ好きな子のオススメの本だからって徹夜で読んでいた本の取り寄せをわざわざ頼みませんよね？」

「お、おい！　お前、そういうこと……本人の前で……」

一文字クンの反応を見るに颯さんの言葉は嘘ではないらしい。

え？　取り置きは口実で？　え？　私は何が何だかわからなくなった。

「返事は本の間にでも挟んでおいてあげてください」

私の混乱を知ってか、颯さんはこっそりそんな耳打ちをしてくれた。

「で、兄さん。自分でも何か言って置いた方がいいんじゃありませんか？　一から十まで妹任せで男として恥ずかしくないんですか？」

颯さんの目線を追って私は一文字クンを見てしまう。

「今度は絶対に行くから、本はもう少し取り置きしておいて欲しい！」

返事を迷う必要はなかった。私は笑顔ですぐに答える。

「はい、ご来店お待ちしております！」

その時、私は店員としては不適切なほど緩んだ顔をしていたかもしれない。

この本をお店に置いておくと店長にあれこれ言われるだろう。でも正直、どうでも良かった。

一文字クンが来てくれると約束してくれたから、それで――。

思い出は棚のどこかにある

石田空

「いったい！」

新しい紙は、少し触っただけで簡単に手が切れる。雑誌をビニール紐で十字に縛る作業をしていたから、その紙ですっぱりとやられてしまったのだ。切れた指に、エプロンのポケットに常備している絆創膏をくるんと巻く。

「おーい、雑誌。血で汚れてない？」

「大丈夫！　雑誌は無事！」

一緒にバイトしている村上《むらかみ》くんの言葉は冷たいけれど、私は気にすることなく、女性誌をひとケース分縛ってから、店頭に並べに行く。

お客さんが少ない時間帯は、女性誌やコミック誌に付録を挟んで、縛ったあとに、店先に並べる作業をするのだ。

本好きが高じて書店でバイトをはじめたけれど、現実は残酷だ。

とにかく本は、重い。量が多いとなおのことだ。取次から送られてきたばかりの大量の女性誌も重いし、段ボールにガンガンに詰め込まれた本は、カートがなかったらとてもじゃないけど運べるものではない。

書店で働いていたら、紙に手の水分を持っていかれて常に乾燥しているし、重い本を運び続けて腰痛になるしで、せっかく採用されたバイトも、どんどん辞めていってしまうのだ。

残念だけれど同じ時給だったら、もっと楽なバイトもあるから、それはしょうがない。

書店員に憧れている人でも、現実を知って辞めてしまう人だって多いのだ。

まあ……しょうがないよね、本当に体力勝負だから。

本好きが極まって未だにここに居座っている私だけれど、不満だってある。常に人手不足なのに、正社員ではなくて学生バイトだからと、棚の管理は一切任せてもらえないってことだ。

棚に並んでいる本を見るたびに、恨めしく思う。もうちょっと目立つように置いたら、絶対に売れるのにとか。せめて目立つＰＯＰを書かせてもらったら、もっと多くの人に手に取ってもらえるのにとか。

私はそんな不満を持っているけれど、村上くんは全くそういうのがない。

「いや、いいじゃん。ここは楽で。レジとか品出しやってりゃいいんだから。POP書きとか、取り寄せのほうが面倒臭い。俺、本のこと全然わかんないから」

村上くんは力仕事は得意だし、レジ打ちも完璧だけど、本が好きではなかった。

新聞は読まないらしいから、書評や新聞広告に載っている本を知らないのはともかく、芸能人がテレビやネット動画で紹介した本すら知らず、問い合わせを私や正社員の人に押し付けることなんてしょっちゅうだ。

書店は何故か男手が少ないから、ずっと働いてくれるのはありがたいけれど、お客さんからの問い合わせに対応してくれないのは、こっちだって困ってしまう。

「そりゃそうかもしれないけど。でも村上くん、どうしてうちで働いてるの？ショッピングモールの中にあるから、全然暇じゃないし、もっと楽なバイトもあると思うんだけど」

「どこも一緒だと思うけどなあ。二十四時間営業のファミレスやコンビニは定時になったからって接客中は帰れないこともあるでしょ。でも閉まる時間が決まっているショッピングモールだったら、それまでにお客さんが帰ってくれるから、定時に帰れるし」

「書店じゃなくても、ショッピングモールの中だったら、どこでだってそうだと思うんだけど」

「いや、フードコートは食べ終わるまで帰ってくれない。服屋はお客さんが試着した服を畳まないと帰れないし、その辺りは書店が一番楽だね」

「さいですか……」

村上くんの返答に、がっくりとうな垂れる。

大好きな本が売れずに次々と返品されていく光景を目の当たりにしたり、腰痛をこじらせたり、書店のバイト離脱率は、本が好きであればあるほど高くなったりする。

むしろ村上くんみたいに、本になんの感情も持っていないほうが、長く続けられることもあるんだろう。

わかってはいるけれど、少しだけつらい。そう、勝手に落ち込んでいるときだった。

「すみません、ちょっと、よろしいですか?」

カウンター越しにお客さんに声をかけられ、私は振り返った。村上くんに「レジは任せた」と言ってから、お客さんに近づく。

パンツルックに大きめの鞄を持った女性。どうも会社帰りのようだ。

「はい、どうかなさいましたか?」

「すみません、本棚を探したんですが、見つからなかったんです。この本なんですが」

お客さんが手にしていたのは、古い新聞の切り抜きだった。黄ばんでしまっているところからして、かなり古いものだろう。

「この本、大切な人がすすめてくれたんです。でも、当時はハードカバーしかなくって買えなかったんですけど、もう文庫版は出ているでしょうか？」

「そうですね……調べてみますが、ハードカバーが文庫にならないこともありますので」

「ああ、やっぱりそうですよねえ……この本を見かけたとき、まだハードカバーで高くて買えなかったんです。文庫になったら買おうと思っているうちに時間が経ってしまって」

こんな古い切り抜きだし、この本によっぽど未練があるんだろう。お客さんは必死そうだった。

「……少々お待ちください」

私はカウンターの内側にある端末に、本のタイトルを入れて検索をかけた。系列店に在庫があったらすぐにわかる。なかったら出版社に在庫がないか問い合わせるしかない。

調べてみたけれど、見つからない。次に作者の名前で検索をかけてみると、それらしい本が見つかった。でも在庫情報は重版未定と書かれている。

「申し訳ございません。こちらの本は重版未定……在庫がないみたいで、もう流通していないようです」

「あー……そうなんですね。わかりました、ありがとうございます」

お客さんは心底がっかりした顔をしている。

こういうことは、書店で働いているとしょっちゅうある話なんだけれど。そのたびにお客さんががっかりした顔をしているのを見ることになり、こちらも心苦しい。

ない本は売ることができないけど、新聞紙の切り抜きを大事に持っていたほどだから、よほど読みたかったんだろうに。そこまで考えて、ふと思いついたことを口にしてみた。

「お客様は、古本でもよろしいでしょうか？」

「はい？」

いきなり話が飛んで、当然ながらお客さんは戸惑っている。でも私は言葉を続けてみる。

「ショッピングモールの外になりますけれど、近くにある古書店でしたら、絶版になった本も取り扱っていますし、品揃えも豊富ですから、置いている可能性がありますけれど」

「え……この本の古本……もでしょうか？」

「おそらくは」

休みの日にときどき立ち寄る店だけれど、私が生まれる前の本や、希少価値の高い本が紛れ込んでいる、古書店だ。私も定期的にチェックして、めぼしい本を買っている。お客さんの欲しい本も売っている可能性が高い。

お客さんの顔がだんだん紅潮していく。

「ありがとうございます、わざわざ教えてくださって……！」

「いえ、思い出の本が見つかるといいですね。すぐ地図描きますから」

私はその古書店の地図をメモに描いて、お客さんに渡した。その地図を見て、お客さんは興奮した様子で頭を下げる。

「本当に、ありがとうございます！」

こちらが恐縮するくらいにお礼を言ってから、お客さんは帰っていった。

嬉しそうにうちの店を後にするお客さんを見ながら、私は「あぁあ」と溜め息をついてしまう。夢中だったとはいえ、うちの店には一銭も入らないんだよね。作者さんにも。

これでよかったのかなあ……ついつい考え込んでしまったけれど、私とお客さんのやり取りを一部始終見守っていた村上くんが、「ほお」と感嘆の声を上げた。

「なんというか、すげえなあ。必死というか」

「村上くんは好きな本ってないの？　マンガでもいいんだけど」

「うーん、俺、マンガはあったら読むけどなかったら読まないし、友達と雑誌を回し読みするくらいかなあ」

「ふうん……私は本好きだからさ、あれだけ必死に探してるのに見つからないとなったら悲しいと思ったの。うちは一銭も儲けてないんだけど」

私にとって、本は恩人だから。それに報いたかったんだけどなあ。なかなか上手くいかないなあと思ってしまった。

元々私は本好きが高じて、中学から高校までの六年間、ずっと図書委員を務めていた。

図書室にずっと籠《こ》もっていればよかったし、本の貸し出しの受付をしていたら、知らない本や新しい本にもたくさん出会えて、嬉しくってたまらなかった。

でも友達ができなかった。流行の音楽やマンガ、ゲームに全然興味がなかったせいで、同級生と話が全く合わなかったんだ。だから図書室でずっと本を読んでいた。

同級生の多くが本に興味がなくって、「この本が好き」と紹介してみても、「真面目なんだねえ」と言われてしまい、上手く会話が続かなかった。

本が好き、イコール真面目とか勉強ができるというわけではないはずなんだけどな。

仕方なく私は、ひとりで本を買いに行き、ひとりで本を読み、好きな本を布教するために図書室にひっそりとリクエストを入れるという生活を続けていた。

そんな高校二年生のある日、たまたま読んでいた小説のシリーズが、マンガ化されることが決まったのだ。最新刊の帯を見て、「ふうん」くらいに思っていたけれど、そこから学校生活が一変した。

「ねえ、東山《ひがしやま》さんもこの話好きなの⁉」

私がその小説を読んでいるとき、マンガ化されたものを読んでいた子から声をかけられた。後で知ったけれど、マンガ化を手がけた漫画家さんは、かなりの大物だったらしい。

シリーズを全部読んでいた私が「うん」と頷《うなず》いた途端に、その子に感激されて、クラスの仲良しグループに招き入れられた。

小説の話をして、初めてまともに聞いてもらえたのが嬉しくって、小説を回し読みするのが楽しくって、一緒に書店に通うことも増えていった。

友達は、私が知らなかったことも教えてくれた。好きな曲、好きなドラマ、好きなゲーム……まあ、相変わらずゲーム機もスマホゲームも知らないままだったけれど、なんで人気なのかは理解できた……。好きなものがどんどん広がっていくのがわかった。

だから、私は本に恩返しがしたい。私にとって、本はいろんなものをくれた恩人だから。まだ私には力が足りなくて、自分の好きな本を薦めるために、POPを書いたり、棚づくりに参加したりすることすらできていないけれど。

欲しい本や、思い出の本を探す手伝いができればと、いつも思っている。

なんて。別に誰かに押し付ける気はないんだけれど。

村上くんはのんびりとした声を上げる。

「ふうん……でもまあ、いいんじゃないの。あのお客さんは喜んでくれたし」

その村上くんの言葉に、私は意外なものを見る目を向けてしまった。

「意外だね、もっと村上くんは呆れるとか、嫌がるとか思ってたけど」

村上くん、本当にこっちがびっくりするくらい、本に興味がないし。私がそう思って口にしてみたら、村上くんは照れくさそうに頭をかいている。

「いや？　俺そこまで物事に執着する質《たち》じゃないし。でもお客さんがあんなに顔を真っ赤にするほど喜ぶのは、なんかいいなあと思ったから。そんなに何かを好きになれるもんなんだなあって、ちょっと感心した」

村上くんの言葉に、今度は私が顔を真っ赤にする番だった。

「そ、そうだよね⁉　私、このまま本を好きでいてもいいよね⁉」

「ええ？　うーん……まあ東山さんが好きならいいんじゃない」

村上くんは呆れた声を出した。

そうだバイトだからって、本に対して何もできないわけじゃなかったんだ。本当に本を好きな人の手伝いをすることだってできるんだって、そんな当たり前なことに、気が付いた。

「ありがとう、村上くん……私ちょっと感動しちゃったあ」

「ええ、東山さん、俺の言葉のどこに感動する部分があったの？」

村上くんは困惑を極めたような顔をしてこちらを見てきたけれど、カウンター越しに「すみません」とお客さんに声をかけられて、会話は打ち切られた。

書店には毎日何百冊もの本が入ってきて、毎日何百冊もの本が返品されている。新陳代謝が活発で、今目に留めた本が、明日も同じ場所にあるとは限らないんだ。

だからもし欲しい本を見失ってしまったお客さんがいたら、その本を見つけるお手伝いをする。それがそのまま忘れられてしまう本になるのか、大事な思い出の一冊になるのかは、私にもわからないけれど。

バイト店員には好きな本を薦められる環境を整えることも、品揃えを統一することもできないけれど、それくらいのことはできるはずだって、私は信じている。

君の棲む世界

金沢有倖

彼女は、いつも医療系——とくに病気について書かれた専門書が集まる棚で立ち止まる。そして、本の背表紙を見つめることが多かった。

特に、じっと見つめている本がある。分厚くて、いかにも難しそうな本だ。

「……『余命宣告と終末医療』。興味あるの？　あ、医療とか勉強してたり？」

身内に思い当たる人が？　なんて聞けるわけもない。すると、彼女は、小首を傾げて少し考える素振りをして見せた。

「……色々な病気があるんだなあって思って、治療してくれる医療従事者たちだけでなく、患者の家族も大変かなって、つい想像してただけ」

彼女は、たわいのない雑談ができるくらいには親しい店の常連だ。とはいえ名前以外のことは、年齢も住んでいるところも知らない。

「……大切に思えば思うほど、つらいかもね」

祖父母やそういう親戚で、経験したのだろうか？　まさかそうは聞けないので、思った通りに言う。すると、彼女は少しの間を置いてから頷いた。

彼女の、大きな瞳が睫毛《まつげ》に隠れる笑顔に僕はつい見とれてしまったのだが。

「……私もね、子供の時に何度も入退院を繰り返したから、心配させたかな」

「今が健康なら、平気だよ。家族は喜んでるから」

余計なことを言った、と僕は焦る。さらさらの黒髪を引き立てている白い肌と華奢な容姿から、幼い頃は病弱であった可能性も想像できたろうに。

「そうだね、こうして書店に本を買いにも来れてるし」

「ありがとう。本当にそうだよね」

レジで本とお金を差し出しながら、彼女が微笑む。

今日、彼女が求めた本は、フランスの世界遺産、モン・サン・ミッシェルの写真集だった。昨日はパリの旅ガイド本だったので、彼女の目的は推察できる。

「旅行するの？　フランスまでの長時間のフライトも平気なくらい健康になったんだから、子供の頃に病と闘ってきた分のご褒美だって思わないと」

「書店って、世界を教えてくれる本がたくさんあるから満足してしまうよね」

彼女は、本の入った書店のロゴ入り紙袋を抱きしめるように掴んだ。

「そう言ってもらえると、書店員冥利につきます」

そして、彼女の赤い唇が綺麗な弧を描いてとびきりの微笑みを見せた。

——僕にとっては、彼女が来るからこの書店が幸せの場所になっている。

淡い想いを彼女に抱いてはいたが、関係を壊すのが怖くて内緒にしていた。

(彼女といつか、一緒に旅ができるくらい仲良しに……なんて……早いよなあ)

——だから、告白はまだ先で。焦らず、じっくりチャンスを窺いたい。


「……来ないな」

僕は、カレンダーを見ながら何度目か判《わか》らない溜息を吐《つ》いた。

——あの日を境に。

最低でも週に二回は書店に来ていた彼女は、もう二ヶ月も姿を現さない。

(旅行に行ったのかな……フランス？　パリ？)

留学の可能性は考える度に払拭している。

(フランスに留学して、そのままずっと滞在、とか……え？　そうなったら、もう会えない？　この書店に来てくれることもない？)

告白し損ねた後悔ばかりが膨らんでいく。そういえば、語学本も興味深そうに見ていた——彼女は書店内の多彩な本を楽しそうに眺めていたから油断してた。

「スミマセンー、本探してるんですけどぉ」

唐突に声をかけられて、僕の空転していた思考は途切れる。

本を片付ける手を止めて振り返ると、高校生らしき女の子が僕を見ていた。

制服のスカートはミニで、金に近い茶色でフワフワの長髪だ。いわゆる『ギャル』という部類の女の子だろうか。化粧やネイルもばっちり決まっていた。

「レジ横にある、病気の専門書のコーナー？　って、ここだけですかぁ？」

「そうですね、医療と病気に関する専門書コーナーはここだけです」

「ウソでしょ？」

女子高生は露骨に眉間に皺を寄せた。予想外の反応で、僕は黙る。

「だって、え？　本当に……。何で……っ」

大きな双眸が揺れる。明らかにショックを受けているようで、僕は焦った。

何かいけないことを言ったのだろうか、しかし思い当たらない。

女子高生は、ゆっくりと書棚を見上げる。上段を見ているようだ。少し開いた口は僅かに震えるように動いたが、すぐにきゅ、と閉じられた。

「……っ！　ひどい……！」

いきなりその女子高生がぺたん、と床に座り込んで泣き出したのだ。

「ウソ……！　そんなのあり得ない！　どうしよう……！」

この状況は一体なんんだ？　状況が判らずおろおろする僕の目前で、女子高生はボロボロと大粒の涙をこぼし始めてしまった。

「ちょ、え？　と、とりあえず他のお客様に迷惑だから……！」

女の子を泣かすなんて初めてだ。どうして良いか判らず、動揺しつつも女子高生の細い肩を抱いてレジの奥まで誘導することにした。

足下に座り込む女子高生の様子を窺いつつ、僕はお客様の対応をする——そうだハンカチを渡さなきゃ、と思った時には、女子高生は泣き止んでいた。

「ご、ごめんなさい……っ、アタシ、アヤっていうんだけど……っ」

まだぐずぐずしながらだけど、女子高生は名前を教えてくれる。

「……っ、書店だし、たくさん、本、あるから……信じたくなくて……っ」

涙で少しも崩れなかった化粧のまま、長い睫毛をアヤは伏せた。

「友達が……二ヶ月くらい前から、体調悪そうで、アタシ心配で……心配してるって何度も言ったのに、検査結果を教えてもらえなくて……元々華奢なのにもっと痩せて、顔色も悪くって……体育も休みがちだし……」

(元々ってことは、病弱ではあったのかな。書棚にその病名を見つけたとか?)

「アタシ、しつこく聞いたの。そうしたら、しぶしぶヒントくれて……この書店のレジ横の一番上の棚、右から五冊目の本が、病気のヒントって……」

「――――」

僕へ顔ごと視線を向けた、アヤのフワフワの茶髪が揺れる。僕は確認するように書棚を見上げ、その本を見つけて言葉を失った。

だって、その本は彼女がいつも見つめていた――『余命宣告と終末医療』

(タイトル見たら、確かに泣けるかもな。心配にならないはずがない)

「どうしよう、ミワ、もう死んじゃうんだ……！　すごく苦しくてつらいのはミワなのに、バカみたいにアタシ無神経に病名聞いて、しつこくして……っ」

ぎゅ、と制服の胸の辺りを苦しそうに握りしめ、アヤはボロボロと、また大粒の涙を流し始める。

「『心配してやってんのに無視⁉』『わざとらしく具合悪そうにしないで』『病弱ぶった演技は苛々する』って最低なこと言いまくって傷付けた……っ！」

(確かに、口が悪すぎる。けど……アヤは本気で心配してたんだろうな)

アヤはミワという友人をこんなに泣くほど心配しているのに、上手く伝えられない。単純で幼くて、真っ直ぐで正直――優しいのに、不器用すぎるのだ。

（相手へ気持ちを伝えるチャンスを逃した僕が、人のことは言えないけど）

相手に伝えられないままだと後悔する。これほど救いのないことはない。

だけど、アヤにはまだチャンスがあるのだ。僕はアヤに視線を合わせた。

「……今からでも、謝ればいい。そして素直な気持ちを言葉にするといいよ」

「え……？」

「まだ間に合うことを……会えることを、大事に思わないと」

僕の言葉に何を感じたのか、アヤの大きな双眸が僕を凝視する。何か聞きたそうに紅い唇が動いたけれど、すぐに閉じられた。

そんな少しの無言が続いてから、客がレジに近づいてきたのが判った。

「いらっしゃいませ」

「あれ？　何してるの？」

客の女の子が、嬉しそうに僕の足下にいるアヤに手を振ってくる。すると、アヤが慌てたように立ち上がった。

「ミワ⁉」

（あ、この子？　……ああ、なるほど）

さらさらの黒髪が長くて小柄で華奢な、アヤと対照的に大人しそうな子だ。

書店の常連の女の子でもある。彼女に雰囲気が似ているので、僕は覚えていた。

「アタシ、不器用でごめん！　死んじゃう病気なの気づかなくて！　ごめん！」

アヤがいきなりミワへ頭を下げる。さすがにミワは、きょとんとした。

「え？　え……？　何？　死んじゃう病気？　……私？」

「……っ、アタシがしつこく聞いたら、この書店のレジ横一番上の棚の、右から五冊目の本が関わってる病気だって、言ってたじゃない……だから……」

「ああ、うん。けど、今はそのすぐ下の段に収まってるけど」

「え？」

「え？」

予想外のミワの返答だ。

アヤもだが、僕も驚いて棚を見上げる。上から二段目の右から五冊目は——

「……『貧血症の種類と対処』？」

はっとなる。そうだ、今朝届いた本のために、棚の本も若干動かしていたのだ。

（そういえば、あの貧血本が昨日まで右から五冊目だった……！）

アヤの動揺につられたとはいえ、こんな単純なことを忘れていたなんて。

「元々血圧が低かったんだけど、貧血が酷《ひど》くなってきて。親が悪性貧血とか難病を心配して検査入院もしたんだけど……命に別状はないから」

苦笑しつつのミワの説明に、僕も納得だ。顔色の悪さも食欲不振も体重減も、酷い貧血の人であれば十分にあり得るから。

「……なんで、教えてくれなかったの？」

「アヤはすっごく友達思いだし、心配しすぎるでしょ？　良性の貧血でも病院には定期的に通ってお薬も貰うから、説明しにくくて。内緒にしててごめんね」

「……っ」

アヤはぺたん、と座り込む。そして、はーっと大きく息を吐いた。

「良かった……死なななくて……っ」

アヤの、心からの呟きだ。ミワは困惑したような笑みのまま、優しく告げる。

「ありがとう、アヤ。大好きだよ。なのに、心配させてごめんね」

「——っ」

アヤは俯《うつむ》いて顔を髪で隠してしまったが、小さく首を横に振った。

——信頼と友情があればこそ、言葉がなくとも感情は伝わる。

(僕の場合は、どうしていたら良かったのだろうか——)

そうだ、とアヤが唐突に声を上げた。

「あの、実は私、本を買いに来たんです。家族に頼まれたんですけど……」

そう言うと、ネイルが綺麗なアヤの指がゆっくりと棚の上段を差した。

「まさしく、あの本なんだけど……」

「あの本……？　『余命宣告と終末医療』？」

それは、先ほどのアヤを泣かせた原因でもあり、僕がどうしても彼女を思い出さずにはいられない本だ。

「家族――姉に、頼まれていたので」

「え。もしかして……君のお姉さんって……」

これは予想外だった。アヤは彼女の妹だったのか――鼓動が一度、跳ねた。

「彼女……お姉さんは元気？　旅行してるのかな？　そんな話してたけど」

「ああ、うん。……旅行、そう……一人で旅に出ちゃったの」

すぐに書棚の一番上にあった本をアヤへ渡す。すると、ずっしり重いその専門書を両手で受け止め、微笑んだ――その表情は、彼女を彷彿とさせるもので。

「片道で、戻れないのに急にね。……次に会えるのは、私も死んだ時」

――僕の聞き間違い、だろうか。

『学校も通えない、病院と家しか世界がなかった私にとって、書店は特別でした。私に世界を見せてくれる——たくさんの『未知』に溢れた本ばかりのこの書店は、すごく大事な私の居場所。そこで、貴方が声をかけてくれたのです。すごく嬉しかった。『私』に気づいてくれたことや、貴方が本のことを教えてくれる時間は楽しくて、ますますこの書店は私の宝物となりました。旅をしたい、美味しいものを食べたい。そんな、明日を生きる目的や興味を教えてくれた書店と貴方には、感謝しかありません。

ただ、そんな感謝を一度も告げられなかったことが、心残りです。

後悔しないように、大切なたった一言、ありがとう、を言いたいのに』

「お姉ちゃん、本屋さんに楽しい思い出がいっぱいあるって言ってました」

ぺこり、とお辞儀をしながら僕にそう言う。

「余命と言われた期限を過ぎてたのに、最近は体調が良くて——この書店のおかげだと思います。明るく笑うことも多くなって、アタシも嬉しかった」

（こちらこそ）

言いたいのに、声が出ない。僕を大切な友達と思ってくれてありがとう、と言いたいけれど、喉が震えて声が詰まるのだ。

「最近のお姉ちゃんは楽しそうだった。この書店で買った本をアタシに見せてくれて、間違いなく幸せでした。ありがとうございます」

俯いているアヤの表情は見えないけれど、小さく鼻をすする音は聞こえた。

僕はぼんやりと曇る視線で、書店の中を見回す。はっきり見えないけれど、アヤが持つ分厚い本以外にも、彼女の思い出となる本はあった。

料理の棚、レストラン紹介、旅ガイド、または、面白かったから、と薦められた作家の小説。

彼女が薦めてくれたけど、まだ読んでない本がたくさんあることを思い出していた。

（アヤに「会えることを大事に思わないと」と偉そうに僕は言ったけれど）

その言葉は、間違いなく本心からの真摯な気持ちだった。

――僕はもう、会えないのだから。

だけど。とは思う。

（本が、書店がある限りは――彼女との思い出は消えない）

彼女がいなくなっても、本がある限り、僕の心の中で彼女は生き続ける。

書店の中――彼女が大事にしてくれていた空間に、存在しているのだ。

肉体がなくても僕の記憶の中で当たり前に暮らし、今も未来も僕とともにこの書店にい続ける。

書店には、紙やそこに紡がれている文字以外にも物語はある。

歩んできた人生で選ぶ本が変わり、書店の中で様々なことに思いを馳せる。

――僕も彼女と、同じ思い出と足跡を残し続けていきたい。

祖母の古書店
烏丸紫明

僕が生まれる前の『過去』が、そこにはあった。

祖母の営む古書店は、幼い僕のお気に入りの場所だった。

創業は大正八年。どこかハイカラな木造モルタル造りの店構えは、ただただ古いというだけではない長い時代を経てきただけの風格があり、幼心にそれはひどくかっこよかった。

今の、いわゆる『古本屋』とは違う。流行りのコミックスなど一冊もない。初代店主である、祖母の父——僕の曽祖父が集めたという、明治・大正時代に活躍した文豪たちの初版本、限定本、直筆原稿類などの稀少価値の高いものに加え、各出版社から出された全集なども豊富に取り揃えてあった。

当時の僕はその意味がよくわからず、さまざまな年代の、さまざまな種類の同じタイトルの本がずらりと並んでいるさまを不思議に思ったものだったが、とにかく本棚に入り切らない量の本が天井までうず高く積まれている光景が、中に入った途端に身に纏《まと》わりつく紙とインクの独特な匂いが、大好きだった。

「あれ、真《まこと》。また来たの」

家から、子供の足で徒歩二十分強。重たいガラス戸をガラガラと開けると、祖母は決まってそう言って、嬉しそうに頬を染めて微笑んだ。

「うちには、真が読める本はないよ」

「大丈夫。持ってきた」

両親に買ってもらった本や図書館で借りたそれを手に、まっすぐ店の奥へ。高所の商品を取るための台に腰を下ろして、物語の世界に没頭する。

時には、祖母が話してくれる文豪たちのおもしろエピソードに耳を傾ける。

いつしか、それが僕の小学生時代の放課後のすごしかたとなっていた。

「夏目漱石はな、『I LOVE YOU』を『月が綺麗ですね』って訳したんだって」

豊田有恒《とよたありつね》が、一九七七年に雑誌『奇想天外』に書いたコラムで紹介した逸話を教えてくれたのも、祖母だった。

「夏目漱石が英語の教師をしていた時の話なんだって。学生たちが『我、汝《なんじ》を愛す』や『僕は、そなたを愛しう思う』と訳したのを『それでも日本人か』と一喝したんだそうだよ」

「でも、間違ってないでしょ？」

日本人だからこその情緒、奥ゆかしさがまったく表現できていないと。

「でも『間違ってない』ってだけじゃ、相手には響かないよ」

節くれだった指で僕の胸の中心をトントンとつついて、微笑む。

「想いを伝えるための言葉なんだから。もっと胸に響くものじゃなきゃね」

「相手の胸に響く言葉……？」

祖母は「そう。そのとおり」と頷《うなず》いて、僕の頭を優しく撫でた。

「日本人はね、昔は和歌で想いを伝え合ってたんだよ。百人一首にも恋の歌はたくさんあるけれど、『愛している』なんて直接的な単語は使われていない。それよりも、もっと相手の心に響く表現があるから」

『愛している』という言葉より、相手に伝わる『愛している』がある。

僕が、日本語の美しさに、そして文学のおもしろさに気づいたのは、まさにこの時だったように思う。

「真は、『I LOVE YOU』をどう訳すんだろね？」

祖母はよく、そう言っていた。

「ばぁちゃんは？」と訊《き》くと、それには「どうだろねぇ」と、決まって遠くを見つめて答えてくれなかった。でも、しわに埋もれた目はキラキラと輝いて、頬は薄紅に染まり、穏やかな微笑みが唇を彩る。その横顔がとても綺麗で、大好きだった。

小学生時分からそんな極上の時間をすごしていた僕は、しかし世間一般的に見れば、やはり『少し変わった子』という認識で、おまけにネットもゲームもまったくせず、漫画すらあまり読まず、小説ばかりひたすら読んでいたために、同級生たちと話が合わず、本当に見事なほど周りから浮いていた。

完全に『本が友達』状態。

それでは駄目だと――ちゃんと友達を作らなきゃと思わなかったところが、僕の一番駄目なところだと思う。

そのうえ、読んだ物語の続きやサイドストーリー的なものを考えるのが好きだったのも手伝ってか、立派な空想癖まであった。

そんなこんなで、僕は結構扱いにくい、厄介な子だったように思う。

それでも両親は、本をたくさん読むことは良いことだと考えていたようで、それに対して何かを言ったことはなかった。――小学生までは。

しかし、中学生になっても、高校生になっても、僕はとにかく本・本・本。時には勉強をさぼって、本を読んでいた。

両親は教育に熱心なほうで、僕は中学生時分から一日何時間勉強することと申しつけられていて、毎日必ずそれだけの時間を学習机の前ですごさなくてはならなかった。

将来のために、今は第一に勉強！

両親の言葉は、もっともだと思う。

でも、読書の時間を勉強に奪われてしまうことが、僕は何よりつらかった。

結局、勉強の時間もたいして興味も持てない勉強はせず、隠れて本を読む。

そして見つかって、父親に叱られる。そんなことを繰り返すようになった。

「夢ばかり見ているんじゃない！」

最初に、その言葉をぶつけられたのはいつだったろう？　中学生だったのはたしかだけれど。

また隠れて本を読んでいるところを見つかって、しこたま怒られた時だった。

「将来のことも少しは考えろ」という父親の言葉にカチンと来て、「僕だって将来のことぐらい考えてる！」と珍しく反論したのがきっかけだった。

「僕は作家になる！　物語を作る側になるんだ！」

僕の叫びに、返ってきたのが——あの言葉だった。

「夢ばかり見ているんじゃない！」

現実を見ろと、今やるべきことをしろと、父親は怒鳴った。

どうやら僕の夢は、父親にとっては空想と同じだったらしい。

ショックだった。思いがけず涙が溢れてしまって、僕は家を飛び出した。

すでに僕は、父親に叱られて祖母に泣きつくほど子供ではなかったけれど、その時ばかりは祖母の古書店に駆け込んだ。

「あれ、真。また来たの」

いつものように言って、祖母は笑った。

でも、僕の様子がおかしいことに一目で気がついたようで「じゃあ、今日は真のお話を聞こうかね」といつもとは違うことを言って、僕を手招きした。

僕は崩れ落ちるようにその前に座り込んで、膝を抱えてしゃくりあげながらすべてを吐き出した。

「そう、真は作家になりたいの」

祖母の小さな手が、優しく僕の頭を撫でる。

「親父の言うことは……正しいよ……」

父親の言葉は正しい。そんなことは、僕だってわかっている。

正しいだけに、傷つくのだ。

好きなことを、夢を、否定しないでほしい。

「僕だって、勉強をしないとは言ってない……！」

好きなことを奪われるのがどれだけつらいか、知ってほしい。

『好き』は、それだけで力だろうに。本を読むことを禁止するより、許可したほうが、どれだけ勉強するモチベーションになるか。そんなこともわからないのだろうか？

そのうえ、最近は自由時間に本を読むことにも、いい顔をしなくなった。

友達を作らないからか、空想ばかりしているからか、それはわからない。

きっと、僕が心配をかけているからなんだろう。――それでも。

「子供に、夢を見るなって……なんだよ……」

子供が夢を見なくなったら、終わりだろう！

「真」

歯を食い縛って泣く僕を気遣わしげに呼ぶ。

そして、僕の頭を優しく撫でながら、それを口にした。

「それは『I LOVE YOU』だよ。お父さんの『I LOVE YOU』は『夢ばかり見ているんじゃない』なんだ」

「――ッ！」

愕然《がくぜん》とした。僕は大きく目を見開き、祖母を見上げた。

「は……？」

信じられなかった。

まさか、祖母からそんな言葉が出るなんて。

「ばぁちゃんまで……そんなこと言うのかよ……」

声が震える。

まさか、祖母が父親の肩を持つなんて、思ってもみなかった。

裏切られたと思った。胸がひどく痛む。本の素晴らしさを知っている祖母は、僕の味方だと思っていたのに。

「ばぁちゃん、言ったじゃないか。言葉は間違ってないだけじゃだめだって。それじゃ相手に響かないんだって」

「真……」

「親父の言葉は正しいよ。それは、僕だってわかってる！　だけど！」

それじゃあ、響かないんだ！

「僕の好きなものを奪って、僕の夢を否定して、僕の将来を語るな！」

それは、いったい誰のための未来だ！

勢いよく立ち上がった僕の手を、祖母がつかむ。

その思いがけなく強い力に、僕は息を呑んだ。

「それがわかるようになった時、真はきっと夢を叶えているよ」

「何を……」

「今はわからなくてもいい。でも、きっとわかる日が来るから。ばぁちゃんは信じてるよ。信じて、応援しているよ」

僕はその手を振り払うと、雨が降る通りへと飛び出した。

顔に当たる冷たい雨と溢れる熱い涙がまじりあって、頬を伝う。

僕は走った。行くあてもなく、心の痛みをまぎらわせるかのように。

＊＊＊

『南谷《なんや》先生、資料届きましたか？　どうでしたか？』

「ありがとうございます。めちゃくちゃ詳しく載ってて、助かりました」

電話の向こうで、僕の担当編集者が『よかった〜』と安堵の息をつく。

『初稿、楽しみにしてます！　あ、先日発売した新刊も、売れ行き好調です！評判もいいですよ～！』

「それはよかったです」

『夢を見ることを忘れてしまった今どきの若者たち』について、テレビの中でコメンテーターが語っている。

僕はテレビを切って、仕事用のデスクに向かった。

『僕も原稿を読んでいて興奮しましたけど、読者のみなさんも同じみたいで！緻密《ちみつ》な構成に繊細な描写、奇想天外なオチは、もうさすがとしか！』

「褒めすぎです」

『いえいえ、足りないぐらいですよ。ファンレターも続々と届いているので、まとめて送らせていただきますね』

「ありがとうございます」

『では、今回も頑張ってください！』

通話が切れる。僕はスマホを脇に置き、パソコンのモニターを覗き込んだ。

大学を卒業した翌年に、作家デビュー。僕は現在二十八歳。おかげさまで、作家の仕事だけで食っていけるようになった。

しかし、この出版不況。いつ仕事がなくなるかわからず、気は抜けない。

「ん？」

スマホが着信を告げる。表示された名前を見て僕はふっと微笑むと、液晶に指を滑らせた。

『父さんだけど、明日は何時だ？』

「夕方ぐらいにはそっちに着く予定だよ」

『そうか。わかった。取材したい場所のリストは見たが、行く順番はこっちで決めていいのか？』

「うん、僕は道に詳しくないし、父さんのほうで効率よく回れるように考えてくれると嬉しい」

『わかった。気をつけて来いよ』

あの日——「夢ばかり見ているんじゃない！」と怒鳴った父親が、今は僕の夢の一番の理解者だ。取材にも、こうして協力してくれる。

一本の作品を書き上げるために、何度も取材を重ね、膨大な資料と格闘する。もしかしたら、人生で今が一番勉強しているかもしれない。

学生時代の勉強は、意外なことにものすごく役に立っている。立ちすぎて、もっとしっかり勉強しておけばよかったと思うこともあるぐらいだ。

現実を見て、今やるべきことをやる。それは本当に大事なことだったのと、そうして得た知識が、経験が、人生が、自分のすべてが作品に生かされているのだと、ことあるごとに思い知る。

そう——。今、自分は、『夢ばかり見ていなかった』からこそ、作家としてやっていけているのだ。

『夢ばかり見ているんじゃない』は、たしかに『I LOVE YOU』だった。

そしてそれを理解した今、僕は夢を叶えていた。

すべて、祖母の言うとおりだった。

「ばぁちゃん……」

祖母の古書店は、もうない。祖母が亡くなった際に閉じてしまった。

だけど、今も鮮明に思い出せる。本棚に入り切らず天井まで積み上げられた文豪たちが心血を注いだ作品たち。店内を満たす紙とインクの匂い。

そして、レジ台の奥で穏やかに微笑む祖母。

今の僕は、あそこからはじまった。

僕の『I LOVE YOU』は、どういう言葉だろう?

それはまだわからないけれど。

椅子に背を預け、しみじみ呟《つぶや》く。

「ばぁちゃん、日本語は本当に美しいな……」

さよなら、三毛猫書店

楠谷佑

竜矢《たつや》は久しぶりに、自分が生まれた町を歩いていた。

すべてが懐かしい。自転車屋からかすかに漂ってくる油のにおい。以前から錆《さ》びていた金物屋のシャッター。どこか色あせて見える神社の鳥居。

神社には桜の木が植わっていて、散る寸前の桜がまだ見られた。

日曜日の夕方だが、この田舎町はいつもどおり静けさに包まれている。人も少なく、小学生の集団とすれ違ったくらいである。

夕陽に染まった町並みを眺めるうち、竜矢の胸の中には懐かしさがどんどん募《つの》ってきた。それが最高潮に達したのは、目的地に到着したときだった。

二階建ての木造家屋からはほのかに檜《ひのき》の香りがする。茶色く塗装されたその建物は、昔とちっとも変わらないように見えた。

錆びた看板を見上げると、「三毛猫《みけねこ》書店」という文字が出ている。

竜矢の目頭が熱くなった。彼は十年前のある日を思い出す。けっして忘れることのできない、あの日を——。

「まあ、ここらが潮時だと思う。これでもよく頑張ったほうなんだよ」

そう言って久藤《くどう》が寂しそうに笑ったのを、竜矢は今でも覚えている。カウンターの向こうに座る彼の顔を、竜矢は信じられない思いで見つめていた。

「そんな——なんでだよ、おっちゃん。おれ嫌だよ、この店がなくなるなんて」

竜矢にとって、それはまさに青天の霹靂《へきれき》だった。

三毛猫書店はこの小さな町にある唯一の書店で、竜矢にとってはかけがえのない場所であった。

＊＊＊

竜矢がここに初めて来たのは、五歳のときのこと。母親に連れてこられ、絵本を買ってもらった。その日以来、ここで毎月一冊買ってもらう絵本が、竜矢にとって何よりの楽しみになった。小学生になると自転車を飛ばして三日にあげず通い続け、漫画を買うようになった。中学二年になったこの春には、幼馴染の潤《じゅん》に薦められて読んだSF小説が面白くて、これまでは見向きもしなかった文庫本コーナーを開拓する楽しみができたばかりだった。

「どうして、店を閉めなきゃいけないんだよ？」

「しょうがないんだよ、竜矢くん。うちみたいな小さな本屋は、もうやっていけない時代になってしまったんだ」

久藤は、丸眼鏡の奥の目を優しく細めた。老いた目許《めもと》に皺《しわ》が寄る。

「最近は通販や電子書籍があるから、わざわざ本屋に来る人は減ってしまってるんだ。それでも、ここらにある店はうちだけだから、本を手に取って選びたい人たちが来てくれていた。……だが去年、隣町にショッピングモールができただろう。そこに入ってる書店に、少しずつお客さんが流れていってね」

彼は苦笑いを浮かべて白髪を掻いた。

「まあ、私ももう歳だから。本当にいい頃合いだと思っているんだよ。……熱心に通ってくれる君や潤くんのような子たちには申し訳ないけれど」

そう言って、久藤はビニールがかかった漫画本を差し出した。

「ほら、君に頼まれていた本、取り置きしておいたよ。それ、人気だからね。今日発売なのに、店頭に並べたぶんはもうなくなっちゃったよ」

「……繁盛《はんじょう》してるんじゃん。まだまだ全然」

カルトンに代金を置きながら竜矢が呟くと、久藤は声を立てて笑う。しかしその笑い声は、竜矢にはどこか空々しく聞こえた。

「売れる本はまだ売れるよ、ありがたいことにね。でも、全体で見たら……」

久藤は五百円玉を受け取ると、ふいに口をつぐんだ。

「ま、年寄りの繰《く》り言はこのへんにしておこうか。本との出会いは、夢に溢れたものだからね、私の愚痴なんかで暗い気持ちにさせたくない。竜矢くん、この店がなくなっても本はまだ買えるよ――全国どこでもね。さあ、そんな顔をしないで。今月いっぱいは営業しているから、またおいで」

竜矢は店を出ると、自転車を飛ばした。

混乱した頭で考えていたことはただひとつ――「潤に言わなきゃ」。

いつだって、竜矢がどうしていいかわからなくなったときに助けてくれるのは、聡明《そうめい》な幼馴染だったのだ。


「……そっか。やめちゃうんだ、三毛猫書店」

潤の呟きは切なげで、諦めたような響きがあった。いつも頼もしい幼馴染のそんな声が、竜矢を不安にさせた。自分のベッドに座って神妙に話を聞いていた潤は、考えこむように腕を組んでいる。竜矢はその脇で布団に顔を埋《うず》めた。

「なあ、潤……、今からでもなんとかなんないかな？」

「それは久藤さん次第だと思うけど」

「おっちゃんはもう決めちゃったみたいなんだ」

潤はふぅ、と細くため息を漏らして、艶《つや》のある黒髪を耳にかけた。

「じゃあ部外者のぼくらが止めても仕方ないよ、たっちゃん」

「なんでそんな冷たいこと言うんだよ、潤！　お前はあの店に思い出とかないのかよっ」

「いっぱいあるよ。でも誰よりつらいのは久藤さんでしょ。店を畳むのは断腸の思いのはずだよ。だけど、続けるほうがしんどいからこそ決めたんだよ」

返す言葉もなく口を閉じた竜矢の目に、本棚に並んでいる漫画本が映った。

それは、竜矢と潤の共有財産である。兄弟と相部屋で自分の本棚がない竜矢の本も、潤の部屋に置いてもらっているのだ。どれもお小遣いが少なかった小学生のころから、二人で力を合わせて三毛猫書店で買い集めてきたものだ。

入荷数が少ない地方の店だから、人気漫画の新刊はすぐに売り切れてしまう。だが、昔から熱心に通い続けていた竜矢たちのために、久藤はそんな本も取り置きしてくれていた――。

「そうだ！　本をたくさん買ったら、おっちゃんまだ本屋続けてくれるかな？」

竜矢はふと思いついて叫ぶ。だが、潤の反応は芳《かんば》しくなかった。

「そんなに単純な話じゃあないと思うな……」

「でも、今からめっちゃ本売れたら、変わるかもしれないじゃん！　なあ潤、なにか買う本ない？」

「んー……、理科の参考書を買おうかなって思ってたけど」

「じゃ、それ今日買いに行こう！　おれもさっき行ったばっかだけど、もう一冊買いに行くから！」

「たっちゃんは強引だなあ」

潤はぼやきながらも腰を上げた。

それからふたりは三毛猫書店を目指し、自転車を走らせた。

見慣れた景色が次々と後ろに遠ざかっていく。夕陽を反射して光るバス停。あたたかい匂いが漂ってくるコインランドリー。消防署の壁に描かれたモザイクアート。竜矢はそんなものを見ているだけで、なぜか泣きたくなってきた。

本屋に戻ると、店内には奥のほうに男子高校生がひとりいるだけだった。久藤はトイレかなにかで席を外しているようだ。

潤は「本屋に来ると、あの本もこの本も全部魅力的に思えちゃうよね」と言って、本棚を覗きこんだ。その気持ちは竜矢にもよくわかる。

竜矢も漫画本のコーナーを見に行こうとしたが、咄嗟《とっさ》に本棚の陰に隠れた。そこにいた先客――高校生は、明らかに挙動がおかしかった。肩越しに周囲の様子を窺《うかが》っているのだ。竜矢が覗いていると、彼はそっとポケットに一冊の漫画本を滑りこませた。

「おい！　あんた今、万引きしただろ！」

思わず竜矢が飛び出すと、高校生は慌てたように振り向く。

「学ランの右側のポケットに漫画本入れてた！」

「は？　知らねーよ！　お前中学生だろ、年上になめた口利いてんじゃねえ」

じろりと竜矢を睨みつけて、彼は店を去ろうとする。竜矢はその腕を掴んだ。

「た、たっちゃん！　どうしたのっ」

騒ぎに気づいた潤が慌てて近づいてきた。

「万引きなんだ！　潤、誰か呼んで」

「うるせえっつってんだよ！」

高校生が拳を振り上げる。竜矢が目をつぶった、そのとき――。

「やめろ！」

久藤が叫びながら駆けつけ、高校生の腕を掴んだ。その隙に、潤がポケットから漫画本を取り出して、高校生の目の前に突きつける。

「たっちゃんは嘘なんかつかない。謝ってください」

高校生は大きく舌打ちして、久藤の腕を振りほどく。

「二度とするんじゃない！」

大股で店を出ていこうとする高校生を、久藤は怒鳴りつけた。

「もう来ねーよ！　こんなボロくてしょぼい店！」

捨て台詞を残し、高校生は去っていく。竜矢は面食らって、その背中と久藤の顔を見比べる。

「なにしてんだよ、おっちゃん！　犯罪者逃がしちゃ駄目だって！」

「……もう二度と来ないだろう。これでいいんだ」

竜矢は納得がいかず、店の外に飛び出した。だが、高校生がバイクで走り去る姿が見えて、がっくりと肩を落とした。竜矢が戻ると、潤がぼそりと呟いた。

「もしかして、お店が大変なのって万引きのせいもあるんじゃないですか」

久藤は、潤の言葉に悲しげに微笑んだ。

「……否定はできないね。カメラなんてないし、ひとりで店番をしているとセキュリティには限界があるから。じつのところ、漫画本を一冊万引きされただけで、その損失を取り戻すにはさらに何冊も本を売らなければならないんだよ」

それを聞いて、竜矢の我慢が限界を超えた。怒りと悲しさで涙が零《こぼ》れた。

「そんなのおかしい！　おっちゃんは悪くないのに、どうしてそんなやつらに店を台無しにされなきゃいけないんだ！　やっぱり、今のやつも警察に……」

　だが久藤は、悲しげに首を横に振る。

「もちろん前は、見つけたら必ず警察に知らせていたよ。だが、どうせもう店は畳むんだからね。警察の事情聴取はひどく疲れるんだ、身体《からだ》も心も。竜矢くんの言うとおり、犯罪者は見逃しちゃならん。今日見逃したのは、これ以上悪い思い出を増やしたくないという私のわがままなんだよ。すまないね」

「おれは、この店にいい思い出しかないよ！」

　竜矢は久藤の肩に手を置いた。思っていたより、痩せて小さな肩だった。

「おれの家にある本、みんなここで買ったものだから。あの漫画の七巻は雪が降った日に買ったなとか、あの小説は春休みに買ってその日のうちに読んじゃったなとか……、思い出がさ、この店に繋がってるんだよ。おれにとっては、この三毛猫書店が、本との思い出の目次になってるの！」

「ぼくもそうです。三毛猫書店が大好きです」

潤もつられるように、必死に声を張り上げた。

「そうだ。前に久藤さんが『医大に受かった常連さんが使ってたよ』って教えてくれた参考書、すごくよかったです。他のお店じゃ、そんなふうに教えてくれません。この町に三毛猫書店があってよかったです！」

「はは……、君たちはそんなふうに思ってくれていたんだね。だけど、この店を続けていくことは難しくて、それはどうしようもない……申し訳なく思うよ」

竜矢が顔を上げると、久藤も涙を流していた。

「だが、この店はそんなふうに思われて、幸せだったろうさ。少なくとも私はいま、とても幸せだよ。勤めていた会社をやめて三十年、苦しい時期もあったが、この店を続けてきて本当によかったよ」

竜矢の髪をくしゃくしゃと撫でながら、久藤は微笑んだ。

「ありがとう、君たち。この店を好きでいてくれて」

＊＊＊

一陣の風が吹き抜けた。無数の桜の花びらが、竜矢の目の前を横切る。

竜矢は大きく息を吐いて、意識を過去から現在に戻した。小さく「よし」と呟き、「三毛猫書店」の戸を引いた。

暖色系の灯《あか》りに照らされた内装を見て、店が記憶よりもずっと小さくなったような気がした。だが、自分の背が伸びただけなのだとすぐに気づく。

店は明るく綺麗になっているが、書架は昔とまったく同じ位置にあった。竜矢がそのことに感動していると、店の奥から人影が現れた。

「いらっしゃいませ。――あと、おかえり。たっちゃん」

カウンターの向こうで、潤が微笑んだ。

「ただいま」

店のエプロンを身に着けた潤は、すっかり店主の風格を備えていた。

「なんか、かっこよくなったな」

「うん、先月改装が終わったばかりなんだ。空き家再生プロジェクトのみんなが協力してくれたおかげだよ」

「……いや、お前がかっこよくなったってこと。店も綺麗になったけどさ」

潤ははにかんだように縁なし眼鏡の蔓《つる》を直した。その仕草がちょっと「おっちゃん」に似ている、と竜矢は思った。

「たっちゃんこそ、すっごくかっこよくなったね。警察官だなって感じ」

——あれから十年の時が流れた。

三毛猫書店は久藤の宣言通り、あの年の四月に閉まってしまった。そして、同じ年の末に久藤は永眠した。

久藤には家族がいなかったため、三毛猫書店はずっと空き家となっていた。それを、大学生のときに潤がＮＰＯ法人の空き家再生プロジェクトに携わり、ふたたび使える状態にしたのだ。竜矢も何度かその手伝いをした。

そして在学中に起業した潤は、去年の暮れに会社の収益でこの建物を買い取った。こうして「三毛猫書店」は、潤が独自に選書する隠れ家的なお洒落な店として先月リニューアルオープンしたのだ。

店の規模を小さくすることで赤字を出さずに経営できていると、潤は電話で話していた。本屋も時代に合わせて姿を変えていくということだろう。

「今月から、近くの警察署に転勤になったんだよね。ふふ、たっちゃんがこの町を守ってくれるなんて頼もしいな。昔から正義感が強かったもんね」

「おう。万引きなんてふざけた真似するやつがいたら、すぐ呼べよ」

今度こそ、絶対にこの店を傷つけさせないぞ——心密かに竜矢はそう誓った。

なくなってしまった店は、もう戻らない。けれど記憶は消えない。そして生まれ変わった「三毛猫書店」は、新たな記憶を紡いでくれるだろう。

さよなら、三毛猫書店。そしておかえり。

意味の消失、僕の再生

澤ノ倉クナリ

ある秋の日の昼休み、高校一年生の沢村一誠《さわむらいっせい》は、一人校内を歩いていた。二学期から転校してきたこの学校には、まだなじめないでいる。

人気《ひとけ》のない四階の隅で、スマートフォンを立ち上げた。SNS「ウィル・オ・ウィスプ」では、今日も多くの人々が活発に交流している。

一誠は、自分のアカウントのホーム画面を開けた。趣味で小説を書いているが、創作仲間などはいない。フォローはゼロ。フォロワーもゼロ。鍵までかけている。フォローリクエストは時折受けたが、全て拒否していた。

いつも通り、一誠は頭に浮かんだ言葉をそのままスマートフォンに打ち込んでいった。誰にも見られず、気付かれもしない言葉たち。

没頭していた一誠の耳に、いきなり「うわっ」と叫び声が響いた。同時に、背中に人がぶつかって来る。驚いて振り向くと、長い前髪で顔が隠れた、眼鏡の男子生徒だった。知り合いではない。

「し、失礼しました。足がもつれて」

「いえ」と短く答えながら、一誠は急いでアプリを閉じた。

放課後、一誠はなんとなく校内をぶらついてから校門を出た。

この辺りに一軒しかない書店に着くと、文庫本のコーナーに向かう。

一誠には、本棚を飾る無数の物語の全てが愛おしい。そのうちの一冊に目を留めた。数ヶ月前、忘れられない感動を与えてくれた作品だった。同じ本が既に家にあるのだが、つい指先が伸びる。その時。

「その本、お好きなんですか？」

すぐ横に、アルバイトらしい若い書店員がにこにこと佇んでいた。長めのストレートな髪を赤いヘアバンドで留めた、高校生くらいの男子だ。

「ええ、まあ。……何か？」

「いいですよね、『裏界線《りかいせん》モールス』。布教用とか保存用に二、三冊買う人もいますよ。あ、その制服、俺と同じ長日《おさひめ》女高校の一年ですか？」

一誠は面食らいながらも名乗った。社交的な他人は、苦手だ。

「沢村くん、ですね。俺はB組の桐木高昇《きりきこうしょう》です。いやあ、嬉しいな。これ、内気な少年が異世界にワープしてどんどん活躍していくのがたまらなくて、俺も大好きです。……ところで、沢村くん」

急にかしこまって小声になった店員に、つい一誠も耳を寄せる。

「その本の作者、『嘘家千比古《うそやかずひこ》』先生、現役高校生って噂知ってます？　実はうちの学校の生徒なんです。俺たちの一個上、二年生の」

「ええ⁉」と声を上げる一誠に、高昇がしっと指を立てる。

「会ってみたいですか？　俺知り合いなんで、今からでも呼び出せますよ」

「呼び出すなんて、そんな……。本当に？」

「まあ、同級生のよしみということで。じゃ、こっちこっち」

書店のバックヤードの小部屋で、一誠は所在なく座っていた。

壁の向こうから、高昇が店長に弁解している声が聞こえる。

「お願いっ、今度サービス残業するんで。大事な友達なんですよう」

部外者をいきなり店の裏に入れても、それで済ませてしまえるらしい。

高昇の社交性にいささかの劣等感を味わった一誠が十五分ほど待った頃、一人の女子高生が高昇と共に部屋に入って来た。

「……どうも。嘘家千比古です」

一誠の口がぽかんと半開きになる。てっきり、根暗そうな男子がやって来ると思っていた。女子高生の髪は抜けるようなオレンジ色で、制服も着崩しており、スカートは少し問題になりそうなくらい短い。

「嘘家……さん、ですか？　あなたが？」

「そう。本名は、町井戸《まちいど》純奈《じゅんな》」と女子高生が名乗る。

「沢村くん、驚いたでしょ。じゃあ俺仕事あるんで、ちょっと失礼をば」

高昇が店の方へ消えた。部屋の中は二人きりになる。

「……あの、嘘家、いえ、町井戸さん。これはどういうつもりなんです？」

「どういうって？」と純奈が唇を尖《とが》らせる。一誠が、少し鼻白んだ。

「あなたは誰なんだ。『裏界線』の作者は、確かに高校生ですよ。でも、二年生でも女子でもない。僕です。嘘家千比古は、僕なんですよ」

「分かってるよ。その場しのぎの芝居だもん、こんなの」

あっさり言い返され、「え？」と一誠が怒気を削がれる。

「いいいいいいいいいい、あなたが死にたがってるから、それを止めるための高昇のお芝居。私はあなたを落ち着かせるための、ただの引き延ばし要員だよ」

一誠が絶句した。

「今日、嘘家先生《あなた》が『ウィスプ』に書き込んでたんでしょ？　遺書を」

「な……」

「その時、暗そうな男子にぶつかられたよね。それが高昇。バイト中はヘアバンドで髪上げてるけど。あいつ、死ぬほどびっくりしたみたいよ」

＊＊＊

高昇が、昼休みに一誠の後ろを通りかかったのは偶然だった。たまたま見えてしまったSNSの画面に、高昇の目は釘付けになった。

「ウィスプ」で何度も見た嘘家千比古のアイコン。ファンの間で本物だと噂されていた鍵アカウント。確かに、高校生だとは聞いていたが。

叫びそうになるのをこらえ、高昇はつい画面を更に盗み見てしまう。

そして、入力された文面を読んだ高昇の体は、凍りついた。

『死にたい』

『摩滅して、消滅したい』『夢が叶ったのに、そのせいでこんなに辛い』

『最後に、書籍化という夢が叶った証をもう一度だけ目に焼き付けておこう』

『今日、書店に寄り、棚を見る』『そうしたら、死ぬ』

つま先立ちで覗いていた高昇はそこでよろめき、一誠にぶつかった。

放課後、半信半疑のまま高昇はアルバイトにきた。この辺りには書店はここしかない。もしあの生徒が来たら——どうすればいいのだろう。

高昇の混乱をよそに、沢村一誠は、間もなく店のドアを開けた。

＊＊＊

一誠は、喉を鳴らすように、低くうなった。

「……全部、その気もない、僕の戯言《ざれごと》かもしれないじゃないですか」

「でも、そうじゃないかもしれない。高昇はそう考える奴なのね」

嘆息して、純奈がオレンジの前髪を指先でつまむ。

「私もあなたの本は読んだよ。高昇に読めって言われて。結果として私もあなたのファンだけど、あなたが自分の身をどうしようが口を挟む権利はないよね。でも、高昇の気持ちは踏みにじらないでやって欲しいかな」

「……踏みにじるなんて」

純奈が、バックヤードの入口越しに店内の高昇を見た。一誠も倣《なら》う。

「高昇はね、父親が病気で働けなくて、今はかけもちのバイトで家族の生活費を稼いでる。この本屋はあいつの家から近くて時給もいい大事な職場なのに、店長に無理を言ってまで、あなたのことを最優先にしてる」

一誠は、くるくると働く高昇から、目が離せなくなっていた。

「あいつ、漫画しか読まなかったのに、たまたま読んだあなたの本にずっと夢中で、本当にあなたが特別なんだよね。高昇とは幼《おさな》馴《な》染《じみ》だけど元々結構地味な性格で、あのヘアバンドも少しでも垢抜けるように私が着けさせたの。それが今あんなに生き生きと働いてるのは、内気なのに異世界では大活躍する、あなたの本の主人公に憧れたからなんだよ」

そこで、高昇が様子を窺うようにバックヤードへ戻ってきた。

「ごめん高昇、あっという間にお芝居終了した」

「まあ、そうだよな。今更ながら……沢村くんが嘘家先生？　本物？」

一誠はこくりとうなずく。

「そんな、なんで先生が……。本気で？　その、自……」

「死にたいほど辛いこととか、世を儚《はかな》むほどの事件があったわけじゃないんだ。ただ……倦《う》んでいた、っていうのかな」

一誠はうつむいた。

「僕には人と親しくなる才能がなかった。友達なんてろくにできなかったし、それでいいと思ってた。物語を読むのは好きだったから、自分でも話を創ってみたくなって小説なんて書き出したんだ。そうして受験勉強そっちのけで初めて書いた話が、ＷＥＢで小説賞を受賞して、この四月に本になった時、……欲が出た。本を出すっていうのは、僕にとって一生追うつもりの夢だった。それがあんなに早く叶って……有頂天になったんだ」

人から見れば、くだらない話だ。だから今まで誰にも言えなかった。

「個人情報は編集部が伏せてくれたけど、『裏界線』が現役高校生の作品だってことはネットで結構話題になっただろう？　僕は入ったばかりの高校で、自分でそのことをクラスで告白したんだ。自分は凄いことをやったと思ったし、これで友達ができると思った。僕からお願いして『なってもらう』友達じゃなくて、本当の友人が。……でも、そうはならなかった」

指を組む。知らず、力が籠《こも》る。

「そういうのは、元々好かれている人気者だから認めてもらえるんだ。僕の場合は逆に周囲との溝ができた。何か言えば偉ぶっていると言われたり、印税で金持ちなんだろうと当てこすりをされたり。一目置いている風にしながら、その実馬鹿にされていた。心から告白を後悔した」

高昇が、おずおずと「家族の人なんかは？」と訊《き》いた。

「父さんには受験と同時期に小説なんて書いていたことを責められたし、母さんは小説なんて興味もないから、作り話を本一冊分も書いている息子を気持ち悪がった。二人とも、いまだに僕の本は読んでない」

一誠の鼻の奥が、涙の気配で痛む。目から雫《しずく》が落ちるのを堪《こら》えた。

「自分の本を出すなんてことができたら、色んなことが好転すると思った。でも、僕は駄目だったんだよ。むしろ家族仲は悪くなったし、学校でも一層独りになった。耐えられなくなって、無理言って転校もした。でも、これからは何のために生きればいいんだ？　夢はもう叶ってしまって、それでもこんな思いをしているのに。……それで、どこかに逃げたくて……この世からいなくなる方法ばかり、考えるようになったんだ」

高昇が、ぽつりと言う。

「思ってたのと、全然違うんだな……この歳で本なんて出す人は、楽しいばっかりの高校生活を送ってるイメージだった……」

「ごめん。せっかく僕の本を読んでくれたのに、……こんな奴で」

高昇はかぶりを振る。それと同時に、純奈が一誠の右手を摑《つか》んだ。

「な――何ですか？」とうろたえる一誠を連れ、純奈は外へ出ていく。

「来てよ、先生。いいから」

「先生はやめ、うわ痛い、分かった、分かりましたから！」

「高昇、家に上がってもいいよね」

「え？　ああ、いいけど。俺んち今誰もいないから。でもなんで？」

「なんでも」とぴしゃりと言って、純奈は一誠を連れて店を出た。


十数分歩いて着いた先は、果たして、高昇の家だった。一軒家だが築年数はかなりのもので、ところどころ壁が剝《は》げている。

「上がって、先せ……沢村くん」

手慣れた様子でポストの中から鍵を取り出した純奈に促され、一誠は玄関に上がった。

純奈は無人の家の中を二階へ上がり、右手のふすまを開ける。

「ここが高昇の部屋。で、この押入れが本棚。見てやって」

一誠にも、何となく想像がついた。漫画ばかり読むというからには、恐らくはコミックスが大量に収納されているのだろう。

純奈が、静かに押入れを開けた。

中は上下二段に分かれており、上段には布団が置かれている。そして下段には古そうなカラーボックスがいくつも、一誠が思っていたよりもずっと几帳面に、整然と並んでいた。

果たして、カラーボックスには漫画本がみっしりと詰められていた。ほとんど隙間もなく、縦に、横に、石垣のように本が組み込まれている。

「凄いでしょう。古本とか、もらい物もかなり多いみたいだけどね」

だが、純奈の言葉は一誠の耳には届いていなかった。

高昇の蔵書は数は多いが、どれもやや古く、黄ばみ、傷んでいる。

その中で異質なほどにぴんと張った背表紙の一冊が、本棚の真ん中に鎮座していた。漫画の単行本よりも少し背の低い、文庫本。

『裏界線モールス』。作者、嘘家千比古。一誠の目は釘付けになった。

その丁寧な収納に、いかに大切に扱われているかが一目で分かる。

「それ、高昇が買った二冊目の『裏界線』だよ。読み返し過ぎて傷んでる一冊目は、私の家にある」

——布教用とか保存用に、二、三冊買う人もいますよ。

一誠は、誰かの家の本棚で自分の本を見るのは初めてだった。

不思議な感覚だった。

周りの人が、誰も読んでくれなかった物語。叶っても、辛いことばかりだった夢。

しかしその物語は、一誠の居場所を奪ってなどいなかった。物語が作ってくれた、一誠の居場所があった。それを初めて知った。

一誠がいることを喜んでくれる人が、ここにいた。

「沢村くん。まだ、いなくなってしまいたい？」

いいえ、と一誠はかぶりを振る。そのせいで目元から雫が零《こぼ》れ落ち、一誠は初めて自分が泣いていることに気付いた。

「そうか。よかった。私が、あなたの話で一番好きなのはね。現実世界で報われない主人公が、異世界では勇者として散々活躍するでしょう。それが最後は、元の世界に帰ってきて幸せになるところだよ。帰りたいと思える場所で、楽しく生きていくところ」

純奈が一誠の手を取った。その手が小さく震えている。

「本当。よかった……」

一誠は、早く高昇の元へ駆けつけなくてはならない、と思った。

そして彼の書店で本を買おう。きっといい本を教えてくれる。

窓から薄く差し込んでくる、黄昏《たそがれ》の陽が暖かい。

光の粒はつややかな文庫本の背表紙に、銀色に滲《にじ》んで輝いていた。

目蓋の裏に残るシャッターの色

遠原嘉乃

灰色のシャッターを前に、透子《とうこ》は立ち尽くしていた。今朝貼られたばかりの貼り紙に書かれていることを理解できなかったからだ。ようやく把握できたとき、透子は自分の居場所を失ったことに気づいた。

「都合により閉店いたしました。あしからずご了承くださいませ」

勤め先の本屋が閉店する。その情報が脳に浸透するやいなや、透子は激しくシャッターを叩いていた。あまりの勢いに、店長が慌てて裏口から出てくる。「壊すつもりですか」と店長はずり落ちた分厚い眼鏡を戻すことなく、透子をたしなめる。しかし叱られても、透子は気にも留めなかった。

「これ、どういうことなんですか？」

たずねる透子に「何って倒産したんだよ」と店長はあっさり告げた。透子が戸惑いを露わにするも、店長は今朝知ったばかりだと語った。出社するのと同時に本社から一斉連絡が回ってきたそうだ。

「でも、意外な話じゃないだろ？　何年か前から不採算店舗は閉めていたし、新卒もとってなかったじゃないか。来るときが来たってことだよ」

数年前から会社の業績が悪いという話はあがっていた。

だから売り上げを増やそうという空気は会社中にあって、透子も店長とふたりで努力してきたつもりだ。とりわけ透子はどうにかしたいという思いが強かった。大学のころから今の勤務先である本屋で働いていたからだ。

「ま、いまどき珍しい話でもないでしょ」とあっけらかんと言う店長に、透子は食い下がろうとした。けれど、「僕も色々と忙しんだ」と冷たく追い払われる。せめて片づけだけでもという透子の申し出を、店長は拒絶した。

「時間を浪費するもんじゃないよ。君は若いんだし、早く新しい仕事を探さないと。言っておくけど、次は本屋なんか止《よ》せよ。本は売れない。閉店や倒産なんてザラだ。こうやってまた仕事を失うのは、嫌でしょ？」

言うだけ言った店長は、奥へ戻っていく。透子は遠ざかる背中を目に映しながら、茫然《ぼうぜん》と立ち尽くした。

店長は、仕事のいろはを教えてくれたひとだった。接客。レジの使い方。売れ筋と売りたい本の並べ方。本屋としてのこころがまえ。教えられるたび、透子は店長が誰よりも本屋の仕事に誇りを持っているひとだと感じていた。

けれど、実際はそうじゃなかった。だから、本屋なんかと口にした。

なにより辛かったのは、何年も一緒に働いていたのに、店長の失望に気づかなかったことだ。店長は本屋に未来を感じてない。足もとが崩れるような感覚に、まともに歩けず、透子はバス停のベンチに腰をかけた。

どれくらい座り込んでいたのだろう。気づけば、いつの間にか雨が降り出していた。行き交う人が慌てて傘を差す様子に、透子は一瞬気が急《せ》いてしまった。雨の日は水に濡れないように、傘カバーの袋を出したり、お客様が滑らないように床を拭いたりしないといけないのだ。でも、すぐさまそんな心配はしなくていいと気づいて、透子は泣きそうになる。

ふいに鞄の中にあるスマホが震えた。透子の母がニュースで勤め先の倒産を知り、心配してメッセージを送ってくれたのだ。

「残念だったけど、いいきっかけじゃない？　やりたいことがあるからって、就活から逃げたのを心配してたのよ。やっぱり契約社員って不安定だし、将来がないわ。今度こそ正社員を目指して頑張りましょう。お母さんも応援してるわ」

こどもが不安定な仕事についている。しかも、本を並べるだけの、誰にでもできる仕事だから給料が安い。そう考えている親が、心配するのは当然だ。でも、これまでの努力を否定されたような気がして、透子はうなだれた。

大学生のころ、透子は将来を描けないままに、就職先を探していた。とりあえず条件のいい会社を探しては、必死に有能な自分を演じる。自分の経験を無理やり膨らませて、つぎはぎだらけの履歴書を書く。面接で落とされても、友人が早々に内定をもらっても、前を向いて無理にでも続けるしかなかった。

不安と焦りに押し潰《つぶ》されそうになっているうちに、透子はうまく呼吸ができなくなっていた。唯一呼吸ができたのは、アルバイト先の本屋で、透子は面接や説明会以外の時間は、そこで費やしていた。

ある日、ふいに店長が「君、勤めて何年目だっけ?」と声をかけてきた。

「大学に入学したときからですから、三年くらいになると思います」

なぜそんなことを急に聞くのだろう、と透子はうろんな目を向けた。

「じゃあ、棚をひとつ任せてもいいかな? 期間限定なんだけどね。夏休みのこども向けに、うち独自のセレクトで棚を作りたいんだ」

それは、毎年店長の仕事だった。大手出版社が推すもの以外の本を取り上げ、古今東西のありとあらゆる、面白い本を全力で店長が並べる。大人の押しつけなんてない、面白いだけを基準に選んだ本は、毎年好評だった。

「え、いいんですか?」

初めて任される仕事に、思わず透子の声が弾む。いままで品出しやレジ、接客が中心で、棚を任されたことなんてなかった。

「もちろん。発注をかけるのは僕になるけどね」

何かあったら相談してよ、と店長は軽く言って、また仕事に戻っていった。

それから透子は、どんな本を並べるかで頭がいっぱいになった。

はじめは、昔の自分がワクワクした本を中心に考えていた。けれどすぐに、いまどきのこどもに受けるのかという不安になる。ネットで調べたり、書評を読んだり、他の書店の棚を見に行ったりと試行錯誤を繰り返した結果。ようやく並べる本のリストができあがった。見せると、店長は「悪くないかな」と小さな笑みを浮かべ、ほぼそのリストどおりに発注をかけた。

本が届く前日は、面接のときよりも緊張して、透子はよく眠れなかった。

でも不思議と目が冴えていて、届いた本を前にしたら、俄然やる気に溢れていた。そのくせ、いざ本を棚に並べるだんになると迷う。どれを面置きにするか、平置きにするか予め《あらかじ》考えてはいたけれど、実物を手にすると、全然イメージと違って、透子は何度も配置を換えた。一旦迷い出すと、本の中身についても不安になり、「受けなかったらどうしよう」と透子は心の中で何度も泣き言を漏らした。

そんな透子を目にしながらも、乞われるまで店長は一切手をかさなかった。泣きついても、二言三言助言をするだけ。だが、不思議なことに、言われたとおりに並べると、なぜかすべてがぴったり嵌《は》まり、美しい配置になった。

夏休みが始まる三日前に、やっと棚ができあがった。それはつぎはぎだらけの履歴書よりも誇らしく、自分らしさを感じられるものだった。


店長が棚の撤去を告げたのは、夏も終わるころだった。

「初めてにしては、よく売れたほうじゃないかな。でも、そろそろ夏休みが終わるし、次の展開をしたいから、準備しておいてね」

棚の衣替えをしなければいけないことを、透子はすっかり忘れていた。相変わらず、就職先が決まっていなかったこともあいまって、透子はひどく落ち込んだ。

（もっとこんなふうに棚を作りたいな）

そんな考えが脳裏をよぎったが、透子は首を振って打ち消す。本屋なんて将来性のないところに勤めてどうするの、という母の言葉が何度も浮かぶ。

「あのう、すみません」

透子が振り返ると、そこには高齢の女性が、孫らしき少年を連れて立っていた。さきほどの考えを打ち消すように、透子は笑顔で応対する。女性は少し恥ずかしそうに話し出した。

「もう夏の終わりって言うのに、うちの孫、まだ読書感想文が書けてないんですよ。課題図書もすぐに飽きて、ほっぽり出しちゃうの。でも、何か出さないといけないでしょう？　この子が飽きずに読める本ってないかしら？」

少年はバツが悪そうに、女性の後ろに半身を隠した。目を合わせず床ばかり見ている少年に、透子は悲しくなった。

課題図書は、大人が読んでもらいたいという本であることが多い。古典の名作、偉人の伝記、道徳的な小説と、どれもハードルが高すぎる。感想文の圧力だけでも嫌になるのに、読むのも難しかったら、投げ出してもおかしくない。

なんとか楽しいものを読んでもらいたい。透子はざっと本棚を眺める。どれも面白いと思い、透子が選んだ本ばかりだ。胸を張って、どの作品も紹介できる。そのなかから、少年に一番合いそうな一冊を探した。

「では、これなんてどうでしょう？」

差し出したのは、日常のミステリーを題材にした本だ。誰も死なない、日常に転がっている不思議な出来事の事件を、少年たちが探偵団を結成して解決していくという物語だ。謎が謎を呼び、やがては街に隠された過去の事件につながっていく。秘密基地や怪盗などワクワクする要素がふんだんにあるせいか、ロングセラーになっており、シリーズが何冊も刊行されている。

「これは絶対おもしろいって保証します」

本はつまらないという思い込みを吹き飛ばしたい。少年と目線が合うように、膝を折り、透子は本を差し出す。でも、少年の目は頑なに拒絶の色を浮かべて、差し出した本を受け取りはしなかった。

透子と少年の無言の応酬に、痺れを切らしたのは、女性のほうだった。少年の代わりに本を受け取り、さっさと会計をすませてしまった。

店を出て行くふたりの背中を見ながら、「やっぱり違う本がよかったかなあ…」と透子は頭を抱えた。「神のみぞ、いや紙のみぞ知るかな」という店長の慰めに、イラッとしたのはまた別の話だ。

翌日、開店すると同時に、昨日の少年が店に飛び込んできた。透子を見つけるやいなや、「続きある!?」と目を輝かせて走ってくる。

その一言に、透子の口もとは大きな弧を描いた。

透子は胸を張り、「もちろん！」と本棚から続刊を取って差し出す。少年は握りしめて、くしゃくしゃになった千円札を透子に手渡した。大事に読んでもらえるように、と祈りを込めて、透子はカバーをかける。ちょっとの間も待ちきれないのか、少年はかじりつくように本を見ていた。

袋に入れて手渡すと、少年は再び風のように走って行く。入れ替わるように、少年の祖母らしい女性が店へやってきた。孫を追いかけてきたのだろう。「待ってくれてもいいじゃない」とグチをこぼしながら、大粒の汗を流している。

「ありがとうね、店員さん。助かっちゃったわ。でもあの様子じゃ、シリーズを読み終わるまで、読書感想文を書きそうにないわね」

あきれたような女性の口調に、透子は苦笑する。

女性はぐるりと店内を見渡し、「本ばっかりね」とひとりごちた。

「これだけあると、どんな本を選んだらいいのか、迷っちゃうのよ。でも、あなたみたいなひとがいるなら、安心ね。灯台みたいに、迷わないように照らしてくれるもの」

その言葉に、透子は少し泣きそうになった。

本屋の仕事なんて、ただ本を並べるだけでしょ、と就活を始めたとき、母に吐き捨てるように言われたのを思い出したからだ。アルバイトだからいいけど、そんなところに就職してどうするの、とも言われた。だから、ずっと履歴書を書店に送らずにいたのだ。

でも、確かにその瞬間、透子の胸に、ひとつの思いが芽吹いた。

本を届けるひとになりたい。

そして、色んなひとにワクワクやドキドキを感じてほしい。それは本の楽しさに気づいていないひとや、どの本を選んでいいか迷っているひと、いや、読んでも読み足りない活字中毒のようなひとかもしれない。

新しい出会いを求めて、書店を訪れるすべてのひとへ、ありったけ届けたい。

そのとき、透子は自分のしたいことを見つけた気がした。

季節が季節なだけに、正社員の枠は見つからなかった。結局、透子はアルバイトから契約社員を選んだ。そしてそのまま閉店の日まで本屋に勤め続けた。

　母に返信しようと決めたのは、倒産の翌朝だった。昨日から降り続いた雨はすっかり上がり、窓の向こうに青空が広がっている。

『本屋で働きたいって決心がつかなかったせいで、就職がなかなか決まらなかったの。それまではずっと自分の気持ちから目をそらしていて、取り繕っていた。でも、本屋で働くと決めてから、私は逃げたことなんて、一度もなかった。書店員だって誇りを持ってやってきたから』

　あのとき、ようやく自分のしたいことに素直に向き合えるようになったのだ。透子はすぐに「ごめん」とつけ加えるように送る。母は悪気があったわけじゃないのだ。しばらくして「いらない心配をしたわね」と母から返信が来た。

『じゃあ、あなたは店が潰れても、進むべき道は見えているのね』

　気づけば、透子は走り出していた。雨で塵《ちり》や埃《ほこり》は洗い流され、朝の空気は澄みきっている。それを胸いっぱいに吸って、どんどん加速していく。

店長に思いを伝えたかった。そう考え、透子が再びシャッターの前に立つと、そこには思いもよらない光景が広がっていた。

黄色。水色。桃色。薄緑色。蛍光色。思い思いの色の付箋《ふせん》が、灰色のシャッターを彩っていたのだ。ひとつひとつに手書きのメッセージが書かれており、この本屋への感謝の気持ちが綴られていた。

啞然《あぜん》とする透子の横で、高校生くらいの少年が、黄色い大判の付箋をぺたりと貼った。名残惜しそうに見つめながらも、踵《きびす》を返して去っていく。

不躾《ぶしつけ》ながらも、透子はその付箋を見た。

『本嫌いな俺を本好きにしてくれたのは、この書店でした。夏休みに祖母に買ってもらった本は、今でも俺の宝物です』

もうこんな思いは一度で十分だ。この景色を美談なんかで終わらせてたまるか、と透子は鞄のなかから付箋を取り出し、決意を貼りつける。

これからも厳しい状況は続くだろう。投げ出してしまいたいと泣く日も、きっと訪れるにちがいない。それでも透子は思う。どんな荒波に揉まれても、灯台が遠く彼方《かなた》へ光を届けるのをやめないように、自分もそうでありたい、と。

透子はその決意をスマホで撮り、奥で作業をしている店長に送りつける。すぐに来た返信に、透子はおかしくなる。

「おたがい、こりないね。なら、これからも本を届けるとしますか。どうなるかは神、いや紙のみぞ知るだけど」

ひとにやめるように言いながら、店長は書店に転職する気満々なのだ。

いつかまたどこかで、本を届けられるように。

灰色のシャッターが、本屋との別れを惜しむ付箋で彩られるなんてことは、もうないように。

その色をまぶたに焼きつけるように、透子は目を閉じた。

君へのエール

猫屋ちゃき

「え……嘘でしょ」

まだ開店前の書店のシャッターに貼られた紙を見て、富野留里《とみのるり》はショックを受けて思わず呟いていた。行きつけの小さな書店のシャッターに貼ってあったのは、「閉店のお知らせ」と印刷された紙だ。閉店日は二月末日とあり、あと数日しかないことを知る。試験が終わるまで本を断《た》って生活しようと決意していたため、こんな大事なことを知るのが遅くなってしまった。

予備校の近くの商店街の中にある、こぢんまりとしたこの書店は、浪人生の留里の心の支えだったのに。いい結果を報告したくて、センター試験が終わってからは勉強に集中しようと通うのを我慢していたのがいけなかった。

(閉店は二月末、合格発表は三月の頭……試験の結果、新垣《にいがき》さんに報告できないや……)

ショックを受けた留里の頭に浮かんだのは、馴染みになったこの書店の店員のことだった。人が苦手そうで、でも本のことは大好きな、通うほどに打ち解けてくれた不器用な人だ。彼との交流とこの店が留里の浪人生活の密かな支えだったから、あと数日でなくなってしまうなんて信じられなかった。

ここがなくなるということは、この一年の思い出がすっぽりなくなってしまうということだ。予備校と家を往復するだけの浪人生活の中、この書店にいる間だけが留里にとっての楽しい時間で、カラフルな色のついた時間だった。この書店と新垣との出会いがなければ、留里のこの一年は砂を嚙むような味気のないものになったはずだ。

留里がこの書店と出会ったのは、去年の三月の終わり頃。国立大学の試験の前期日程に続き後期日程も不合格で、浪人することが決まって予備校に入校手続きをした帰りのこと。

予備校は朝から夕方までみっちり授業が入っているから、これからこの予備校がある町が自分の生活の場になるのだと考え、周辺の地理を頭に入れておこうと歩き回っていたときのことだった。

コンビニや居酒屋が入った雑居ビルの間に、忘れられたようにひっそりと存在している商店街。キラキラしたものや場所から遠ざかりたい気分の留里は、吸い寄せられるように歩みを進めた。

その商店街は、見た目の寂《さび》れた感じとは違ってそこそこ活気があり、最近耳にするシャッター街のようにはなっていなかった。地元の利用客で経営を維持しているような魚屋や靴屋、八百屋が並んでいて、生活に根差した雰囲気が初めて歩く場所のように思えなかった。不思議な懐かしさを覚える商店街の中に、小さな書店があった。

店の入口付近には週刊誌、パズル系の懸賞雑誌、ファッション雑誌が並べられた小さな書店だ。その規模から商品の豊富さは期待できなかったが、それでも参考書の品揃えだけでも確認しておこうと、留里は店に足を踏み入れた。

児童書の棚、趣味の雑誌やムックの棚、コミックスの棚、小説の棚、それから参考書や問題集の棚——規模は小さいながらも、書店としての体裁がきちんと整っていた。それに何より、掃除と整頓が行き届いているのがひと目でわかり好感を覚えた。

留里は本が好きで駅前の大型書店などを学校帰りによく利用していたのだが、そういうところはなかなか書店員の目が行き届かないのか、文庫本の間から短冊が大きくはみ出したままになっていたり、棚のものがずれていたり、本好きとしては気になることが多々あった。そんなふうな状態だと、いくら広々とした店内でも雑然としてしまう。

この書店は小さな規模にも拘《かか》わらず、雑然とした印象はなかった。店内が整っているというだけで、落ち着いた雰囲気の場所になる。適当に棚を覗いて帰ろうと思っていた留里の気持ちは、この雰囲気を前に一変した。

目的の大学入試の参考書の棚は、学校で教師が良書として薦めるものが結構揃っていた。だがそれよりも、留里の目を引いたのは参考書の隣に配置された棚だった。

そこには、アニメ風や少女漫画風のイラストが表紙の文庫本が並んでいた。いわゆるキャラ文芸とかライト文芸と呼ばれるものだろう。それらは美しい表紙が売りだから、棚にあるものの多くが表紙が見えるように陳列してあった。そして、手書きのポップがいくつか飾ってある。

単なるスペースの問題で参考書の隣に配置しているのかと思ったが、ポップを見るとそうではないことがわかった。『勉強の合間にちょっと息抜き。隙間時間に読める短編集はいかがですか』『眠れない夜は本と飲み物をお供に。美味しい紅茶やコーヒーが飲みたくなる物語です』『奇跡も優しい魔法もあるのだと信じさせてくれる、感動の青春物語』など、丸っこい癖のある手書き文字のポップは、あきらかに参考書を必要とする年齢――つまり、中高生に向けられたものだった。

(電車の中で、読もうかな)

その日は何も買うつもりはなかったのに、留里は気がつくとポップが薦めていた一冊の本を手にレジに向かっていた。レジには、眼鏡をかけた年齢不詳の男性がひとり。大学生にも見えるし、三十前と言われればそんな気もする、不思議な雰囲気の人だ。その人は最低限の愛想笑いを浮かべて会計をし、手早く紙のカバーをかけてくれた。

その人こそあのポップを書いた本人だと気がついたのは、それから何度か来店してからだった。

予備校の授業が始まってから、留里はこの書店に頻繁に通うようになっていた。他に楽しいことはないし、ストレス発散に好きなものがたくさん並んだ光景を見たいと思ったのだ。

予備校の浪人生クラスは留里のように大学受験に失敗した人間が来る場所のはずなのに、みんな浮かれていて馴染めなかった。親睦会と称した集まりを頻繁にしていて、その大学生気取りの雰囲気がどうしても合わないのだ。だから、休憩時間のたびにストレスを溜めていった。

それを解消してくれるのが、電車の中での読書と書店をぶらつく時間だ。ある日授業が終わって書店を覗くと、参考書の隣の棚であの眼鏡の店員が作業をしていた。彼は留里に気がつくとそそくさとその場を離れて、レジに戻っていった。そのときにポップが新しいものに変わっていたから、この売り場を大切にしているのがその店員——名札に新垣と書いてある——だと知った。

（あの人が、いつもここの本を……）

ポップのついた本を買うのは、誰かがそっと自分にくれた贈り物を受け取るような気分になっていたから、そのときから留里にとってその棚の本を買うのは特別なことになった。その棚にある本は不思議とそのときの留里の気分にぴったりとくる。落ち込んでいるときはそっと励ましてくれるような、好奇心を刺激されたいときは一緒に冒険できるような、そんな本がそこにはあった。

どの本もあまりにも面白いから、あるとき「ポップでお薦めされてる本、いつも面白いです」と伝えてみた。すると新垣は少し慌て、落ち着くと「それは、よかったです……」と小さく言った。喜んでいるのか単なる返事かそのときはわからなかったが、それ以来留里は新垣と少しずつおしゃべりするようになったのだ。

予備校では講師やチューター以外とは一切口をきかないのに、書店に寄ると新垣とは天気の話から映画化された小説の話、さらには模試の結果や志望大学の話までする間柄になっていた。新垣は見るからに人付き合いが苦手そうだが、留里が言った些細なことも覚えていて、留里が気になると言っていた大学の過去問題集が参考書の棚に入荷されていたり、留里がはまった小説家の著作の品揃えがよくなったりといったことがあった。

行きつけの店ができて、親しく話をする人がいたおかげで、人と接する機会がほとんどない浪人生活も孤独ではなかった。

（合否は伝えられないけど、新垣さんにちゃんとお礼を伝えなきゃ……）

突然わかったお別れの日に呆然と立ち尽くしてしまいそうになったが、留里は何とか足を動かして予備校へ向かった。終わったのは前期日程だけで、それがだめだったときのための後期日程に向けた勉強はしなくてはいけないのだ。

本当なら、閉店まで毎日でもあの書店に行きたかった。それなのに、寂しい気持ちから目をそらそうとしたせいで、結局顔を出せたのは閉店当日のことだった。

「……新垣さん、あの」

ポップでお薦めされていた本を手に、留里はレジに並んだ。閉店当日で棚はスカスカかと思ったが、いつも通りの品揃えだった。当然、参考書の隣の棚にはきれいな表紙の文庫本が並んでいて、いつものように手書きのポップが添えてあり、今日で最後であることなど全く感じさせなかった。

だからなおさら寂しくて、新垣の前にやってきたのに、留里はうまく言葉を発することができなかった。

「あ、富野さん。お久しぶりです。そっか、試験の前期日程が終わったからですね。お疲れ様でした」

会計をし、本をカバーに包んでくれながら新垣は言った。手際のいい彼だから、あっという間にカバーをかけ終えた。留里から言葉を発しなければ、会話はこれで終わってしまう。

「試験、結果はまだですけど、うまくできたと思います。本当は、合否結果をここでお知らせしたかったんですけど……」

「三月の頭ですもんね、国公立の合格発表。僕も知りたかったなあ。でも、富野さんは頑張ってたから大丈夫ですよ」

いつもの、何気ない会話だ。いつもなら、こんな感じで「それじゃあ」と店を出るのだ。だが、今日店を出たらそれっきりだ。もう次にここに来てもこの居心地のいい書店はないし、新垣もいない。その寂しさを噛み締めながら、留里は言葉を紡いだ。

「この一年、この書店のおかげで、受験勉強頑張れました。予備校に行くだけだったら息が詰まって仕方がなかったと思うんですけど、ここに来て面白い本を買ったり、新垣さんと少し話したりするのが楽しくて、毎日頑張れました。ポップも、いつも読んで励まされてました」

小さな棚だし、表紙をよく見せるために陳列していたため、かなり限られたスペースだった。だからポップも本当に小さめで、気づかず素通りする人も多かっただろう。でも、留里にとってはひとつひとつが大事なメッセージだった。そのことを、新垣に伝えたかったのだ。留里の言葉に、新垣は明らかに嬉しそうな表情になった。

「そっか……実は僕も、自分が書いたポップを見て、富野さんが本を買ってくれるのが嬉しかったんですよ。予備校の近くだから、少しでも勉強頑張ってる子の励みになればって思ってやってたんですけど、いつしか富野さん専用の棚みたいな気持ちで作ってました。うまく背中を押してあげることはできないから、せめて何かメッセージを送りたいなって……大人なのに、自分の口で言えないのがすごいだめなんですけど」

不器用そうに見える人が、自分の気持ちをずいぶん長々と話してくれた。出会った頃は、そのかすかすぎる声を聞き取るのが難しかったのに。これがもっと人馴れした人物だったら、留里は言葉を交わそうとは思わなかったかもしれない。

「直接じゃなくても、新垣さんからのメッセージは届いてましたよ。……本当に、新垣さんがいてくれてよかったです。そうじゃなきゃ私、もっと人間嫌いをこじらせてたかもしれませんもん」

現役高校生のときも、浪人中も、周りと合わない息苦しさに打ちのめされていた。何をされたわけでもないのに、人が、人と関わることが嫌いで、苦しくて、本当に嫌だったのだ。でも、新垣を相手にすると苦しさも嫌悪感もなかった。そのことにどれだけ救われていたのか、今思い知らされる。

「人間嫌い、ですか……」

自嘲まじりの留里の言葉を聞いて、新垣は少し驚いたような、困ったような顔をした。そんな顔をさせたかったわけではないから、途端に留里は恥ずかしくなる。

「僕は、本が好きな人は、ちゃんと人間が好きな人だと思うんです。人間が嫌いなら、人間が書いた人間が登場する物語なんて読めないはずですから。だから、大丈夫です、きっと。数は少なくても、いつか気の合う仲間ができますよ。こんな不器用な僕でも、それなりにやれてるわけですから」

新垣はそう言って、安心させるように笑った。その笑顔を見て、留里は自分が孤独を好むわけではなく、自分なりの距離で人と関わり合いたいと思っていることに気づかされた。不器用でも無神経ではない、彼なりの優しさが伝わってきて、お別れよりもそのことが胸にじんと来た。

ほんのかすかな繋がりしか持てていないと思っていたのに、新垣のほうは留里をすごく気遣ってくれていたのだ。誰かに知らぬ間に親切にされていたこと、優しさを向けてもらえていたこと、それが留里の気持ちを救った。だから「いつか気の合う仲間ができる」という言葉を信じられる気がした。

「……ありがとうございます。これからも、頑張ります」

そう言って一礼し、留里は店を出た。

その後、留里は大学に無事合格した。

家から通うことができる、地元の大学だ。そのため引っ越しなど新生活の準備もなく、入学式まで時間がぽっかり空いていた。

だから、バイトを始めることにした。短期ではなく、講義が始まってからも続けたいから、面接を受けたのは通える範囲にある大型書店。自分も新垣のように、本を通じて誰かの背中をそっと押せるような書店員になれればと、小さな夢を持って働き始めた。いつかどこかで新垣に再会できたときに、あなたに憧れて書店員になりましたと話のネタになればいいなと、そんな目論見もあった。

だが、再会は思わぬ形で叶うことになる。

「あ！」

店長から「この人から仕事を教わってね」と言われて引き合わされた人の胸には、新垣と書かれた名札があった。「……よろしくお願いします」と向けられた笑顔はぎこちなくて、もう見ることができないと思っていた馴染みのものだった。

文具売り場の手塚治虫

迎ラミン

「それが一番手放せないもの、ですか？」

小首を傾《かし》げる女性インタビュアーに、蒲生《がもう》ひなたは柔らかく微笑んだ。

「ええ。どんな液タブやペンタブ、作画用のアプリよりも大事な、私にとってのお守りであり宝物です」

手のひらに乗せたペン先は古いもので、素人が見ても実用には耐えられないとわかるだろう。このペン先を買ったのは遥《はる》か昔、かれこれ二十年以上も前の話だ。だが、ひなたはずっとこれを持ち続けている。大切に、大切に。

デジタル作画が主流の昨今は、こうした道具で漫画を描く人はむしろ少数派かもしれない。かくいうひなた自身も、四十歳になった現在ではGペンも、スクリーントーンも、ケント紙も、すでに長いこと使っていない。

それでも。作品の多くがアニメ化やドラマ化されるような漫画家になれた今でも、このペン先はずっとひなたのお守りであり宝物だ。

大人気の女性漫画家は、笑みを深くしておかしそうに続けた。

「だって私は、〝本屋さんに育ててもらった漫画家〟ですから」

＊＊＊

その書店にはスタッフたちが来店を心待ちにする、けれども誰も会ったことのない不思議な常連客がいた。

「やった！　今日、あたしだ！」

とある地方都市の駅前に建つ『貴友堂《きゆうどう》書店』。二階の文具売り場で、休憩中にもかかわらずフロアに現われた、アルバイトの女子大生が顔を輝かせた。

当時、一九九〇年代後半は出版業界の活気が下り坂に差しかかった時期とはいえ、それでもまだ沢山のお客さんに支えられて、「町の本屋さん」といった風情の貴友堂はじゅうぶん商売が成り立っていた。やり手として注目される若き店長の力とともに、スタッフが書籍や文具を愛する人たちばかりだったことも大きい。そんな彼ら、彼女らがなぜか最近、こぞって文具売り場を覗きたがるのである。

皆の目当てはアルバイトの彼女が笑顔で手に取った、サインペンなどの試し書き用紙。十センチ四方にも満たない小型のメモ用紙だが、いつからかそこに、店のスタッフ一人を選んだ見事なイラストが描かれるようになったのだ。

最初に気づいたのは、やはりアルバイトの男子学生だった。

「これ、店長じゃないっすか？　めっちゃ似てますよ！」

そのときたまたま二階のレジに入っていた貴友堂の店長、宇佐美護《うさみまもる》は差し出された紙を見て目を丸くした。

呆然としたまま、「凄いな……」という言葉が漏れる。描かれているのは、たしかに自分だった。一階の文芸書棚で商品を並べ直す風景を、スケッチしてくれたらしい。

「上手いっすよねえ。いつの間に描いたのかなあ」

彼の言うとおり上手な絵だった。自分の特徴である癖っ毛や濃い眉を、漫画風のタッチで巧みに捉えている。構図もいい。いや、それ以上に――。

宇佐美が「凄い」と感じたのは何よりも、活き活きとした線だった。どの線も迷った様子がなく、伸びやかで、かつ軽やかだ。絵を描くことが、宇佐美の姿を写し出すことが楽しくて仕方ない気持ちが、インクを通して伝わってくる。

漫画が、好きなんだろうなあ。

生命力にあふれる一コマ（そう、〝コマ〟と呼ぶに相応《ふさわ》しい印象なのだ）の絵を手にしながら、いつしか宇佐美自身の顔もほころんでいた。同時に思う。

あ、ここはちょっと直せるかも。

多分どんなパターンも大丈夫だろうけど、別の構図も見てみたいな。

「店長？」

絵のなかに意識が飛んでいた宇佐美は、呼ばれてはっと我に返った。

「ああ、ごめん。これ、ありがとう。もらってもいいかな？」

「もちろんっす。ていうか、俺も描いて欲しいなあ。どんなお客さんなんだろ」

引き続き感心した口調でフロアに戻っていくアルバイトを眺めつつ、宇佐美は笑みを苦笑に変えて軽く首を振った。

いけない、いけない。今は書店員だもんな。

とはいえ自分が描かれた小さな絵と、そこから感じられる描き手の才能には、どうしてもわくわくしてしまうのだった。

二十八歳の宇佐美は、かつて漫画編集者をしていた。少年少女に絶大な人気を誇る週刊漫画雑誌で、大御所と呼ばれる漫画家も多く連載するなか、若いながら宇佐美も彼らの何人かを担当し、しかも信頼され可愛がってもらえた。

あれはあれで、楽しかった。

生活が不規則で会社に泊まり込むこともざらだったけど、ともう一度宇佐美は苦笑する。何を隠そう、職を変えた理由もそこにあった。漫画家たちと二人三脚で走る自分も常に週刊誌の厳しいスケジュールに追われ、それでも読者に素晴らしい作品を届けたいという一心で、つい無理を重ねがちになっていた。結果、身体を壊して入院する羽目になり、医師や家族からの強い勧めに従う形で、後ろ髪を引かれながらも転職する道を選んだのである。

同僚や担当する漫画家たちは、社交辞令抜きに惜しんでくれた。

「宇佐美さん以外の担当さんと、やっていける自信がないよ」

何人もの漫画家から、そう言ってもらえた。涙が出るほど嬉しかった。だからこそ逆に、宇佐美は漫画づくりの世界から離れなければと決意したのだ。大切な人たちに、また迷惑をかけたくなかったから。心配させたくなかったから。

けれども漫画や本が大好きな気持ちは抑えようがなく、担当作家に付いての書店回りなどで交流があった貴友堂から誘われたタイミングで、ならば別の形で物語を届けられる仕事を、と次の職として書店員を選んだ。すると宇佐美の的確な目利きや仕掛けが結果に繫《つな》がり、さらには小規模な店という環境やオーナー店長の引退なども重なって、転職後わずか二年半で後継に指名されてしまったのである。それが半年ほど前のことだ。

スタッフやお客さんのお陰で、今のところ問題なくやれてるけど。

いつもの感謝とともに宇佐美は再度、手にした紙を眺めた。本当によく描けている。ひょっとしたら、すでにプロとしてデビュー済みの人だろうか。

「あれ？　これって――」

宇佐美はそこで、あることに気がついた。どうやらイラストの描き手は、とても良心的な人物らしい。

いずれにせよこの日をきっかけに、宇佐美以外も含めた貴友堂スタッフたちの間では、「謎の漫画家」に自分を描いてもらうことが、ささやかな楽しみになっていった。

ただし、宇佐美が発見した事実にだけは、他のスタッフは気づいていないようだった。一ヶ月ほど後の開店前、朝礼で副店長が言いにくそうに、けれどもはっきりと皆の前で意見を述べるのを聞いて確信もできた。

「最近、文具売り場の試し書き用紙に描かれているイラストですが、商品のインクも無駄になってしまうので、やっぱり止《や》めていただいた方がいいんじゃないでしょうか。もちろん素晴らしい絵ですし、私も自分を描いてもらえたときはとても嬉しかったです。けど、うちはあくまでも書店であり文具店ですから」

真面目でやや堅物《かたぶつ》の副店長にまで、「とても嬉しかった」とコメントさせる謎の漫画家を、宇佐美はあらためて凄いと思った。そして軽く笑って言った。

「でも、もうちょっと様子を見てみませんか。もし本当にインクが大きく減ってる商品があったら、僕がそれを買い取りますから。ね？」

「あ、出た！　店長の〝ね？〟」

先日、やはり自分を描いてもらって喜んでいたアルバイトの女の子が、おかしそうに笑う。宇佐美の「ね？」は、スタッフの間で「人たらしの〝ね？〟」

と呼ばれている。仲間たちによれば、太めの眉を下げて困ったような顔でこう言われると、誰もが大概のことはＯＫさせられてしまうのだとか。

「う〜ん、わかりました。店長がそう仰《おっしゃ》るのなら」

副店長も、仕方ないなあ、とばかりに頬を緩めて頷《うなず》いたので、スタッフ全員から「良かった！」「今度は誰かな？」と明るい声が上がる。謎の漫画家は、貴友堂の面々をすっかり虜《とりこ》にしているようだ。

それだけでも、得がたい才能だよな。

自身もほっとしながら、宇佐美はエプロンのポケットに忍ばせた、最初に発見された自分のイラストにそっと手を触れた。よく観察してみると、その紙は試し書き用のメモ用紙ではなかったのだ。使われているインクもサインペンやボールペンのものではなく、じつはつけペン用のインクである。ぱっと見には判別できない、元漫画編集者の宇佐美だからこそ気づけたポイントだった。貴友堂の試し書きコーナーにつけペンはない。つまり謎の漫画家は、違う場所で描いた絵を、わざわざ貴友堂に置いていっている。なんのためかはわからない。モデルとなった自分たちへのプレゼントだろうか。理由はさておき、宇佐美はますます、この正体不明の漫画家に興味を惹《ひ》かれるのだった。

結果、ついに我慢できなくなってしまった。

朝礼から数時間後。宇佐美は人がいないタイミングを見計らって、ポケットから取り出したあの絵を、やはり試し書き用紙のところにそっと戻しておいた。愛用の赤鉛筆で、ささやかなアドバイスを添えて。描くことが間違いなく大好きなその人が、もっと素晴らしい一枚を描けるように。

反応はすぐに表れた。戻した紙は誰も気づかないうちに消え、翌日、アドバイスを踏まえたさらに見事なイラストが、同じ場所に置かれていたのである。

ここから宇佐美と謎の漫画家による、試し書きスペースでの一風変わった、けれどもなんだか楽しいやり取りが始まった。彼もしくは彼女は宇佐美からのアドバイスを活かしつつ、引き続きスタッフたちの絵を描き続け、皆に愛され、見守られ、伸びやかな画力はますます向上していった。

そうしていくつかの季節がめぐり、貴友堂の二階ではむしろそれが当たり前の風景になった三年後。


「あの、すみません！」

文具売り場のレジ前に、一人の女子高生が現れた。

「いらっしゃいませ」

対応したのは宇佐美だった。はじめてイラストが見つかった日と同様、ちょうど二階のレジに入っていたのである。

まず思ったのは、ああ、この子か、ということだった。宇佐美が貴友堂のスタッフとなった六年近く前から、ずっと店を利用してくれている常連さんだ。チャーミングな子で、最近はちょっぴり大人っぽくなったようにも感じる。

「これ、ください！」

そんな彼女がなぜか緊張気味に差し出したのは、決して安くはないペン先だった。

「ありがとうございます」

笑顔のまま、宇佐美は呑気《のんき》に商品を受け取った。へえ、こういうのも買ってくれるんだ、意外だなあ。などと思いつつバーコードを読み取りにかかる。彼女がこの手のものを購入するのは、自分が知る限りはじめてのはずだ。

「そ、それとこれ！」

ますます挙動不審な、しかも若干かすれ気味の声に、ようやく宇佐美は手を止めた。視線を上げた先で、彼女がじっとこちらを見つめている。ショートカットから覗く真っ赤になった耳。きゅっと結ばれた桜色の唇。制服のブレザーと胸元の可愛らしいリボン。伸ばした小さな手が献げ持つ、四角い色紙。

「あっ!!」

「昨日、発表があったんです。やっと公募で受賞できて、デビューさせてもらえることになりました！　本当に、本当にありがとうございました！」

耳だけでなく目も赤くした彼女――十八歳の蒲生ひなたが、ぺこりと頭を下げてくる。黒目がちの瞳を、抱えきれない感情で輝かせながら。潤ませながら。

「今までのお礼です！」と渡された色紙には、宇佐美を含めこれまで彼女と接してきたすべての貴友堂スタッフが、笑顔で描き込まれていた。

ずっと応援してきた、皆に愛されるあの活き活きとした線で。

「皆さんのお陰で私、描き続けることができました。貴友堂さんが、大好きな赤鉛筆さんがくれるアドバイスがとっても心強くて。プロじゃないのに担当さんが付いてくれたみたいで、凄く嬉しくて。次も頑張ろう、赤鉛筆さんに褒めてもらおう、皆さんに喜んでもらおうって。だから私、私……!!」

「そうか……君だったのかあ。良かったね！　おめでとう！」

うんうんと頷いて、宇佐美も顔をほころばせる。自分の方こそ嬉しかった。楽しかった。幸せな時間を沢山もらってきた。今までも、そして今も。

「ごめんね、いつも細かいダメ出しばっかりで。俺もつい夢中になっちゃって」

本人を前にしたら、一人称が自然と「俺」になってしまうほどに。

「ダメ出し」という言葉に、ひなたは濡れた大きな目をさらに見開いた。

「えっ！　じゃあ、店長さんが⁉」

胸につけた名札から、宇佐美が店長であることを彼女は知っていたようだ。

けれどもさすがに、もう一つの顔については把握していなかったらしい。おたがい様だもんな、とますます笑みを深くした宇佐美はいたずらっぽく告げた。

「そうだよ。僕が君の『赤鉛筆さん』。つまりは謎の編集者。デビューおめでとう、謎の漫画家さん」

＊＊＊

「正体がバレると恥ずかしいから、それまで画材だけは親に頼んで買ってきてもらってたんだけど、あの日は自分へのご褒美と、何よりも貴友堂さんへの感謝として自分でこのペン先を買いにいったんです。デビューが決まったお礼もしたくて。そうしていざカミングアウトしたら、お互いにびっくりで」

「うわあ、素敵なお話ですね！」

蒲生ひなたが少しだけ恥ずかしそうに語ったところで、インタビューを行っている居間の扉がノックされた。「どうぞ」というひなたの声を待って、彼女と十歳は離れて見える、けれども優しげな雰囲気の男性が、コーヒーと洋菓子の載ったお盆を手に部屋に入ってくる。

「夫です。十三歳上の元編集者で、元書店の店長。で、今は私のマネージャー」

笑顔で紹介するひなたに、夫の護が笑いながら付け加える。

「そして、彼女の最初のファンでもありますよ。もちろん、これからもずっと変わらずに。ね？」

窓から差し込んだ陽光が、仲睦《なかむつ》まじい夫婦の姿を穏やかに照らし出した。

手紙
杉背よい

湊《みなと》は大の本好きだ。月のお小遣いのほぼすべてを本に費やすほどだ。湊と同じ高校一年生の女子で、周囲に同じ趣味の子はいない。だが湊は淡々と読みたい本のリストを作り、やっと手にした本を読了するのがもったいなくて少しずつ読み進める。そんな最高の贅沢を知っている湊は誰よりも幸せだと思う。それもこれも、湊の母である渚《なぎさ》の影響である。

渚は湊に輪をかけた本の虫で、湊が赤ちゃんの頃から毎日絵本を読んでくれた。一人で歩けるようになると手をつないで駅前の書店に行き、長い時間をかけて一冊の本を選んで買ってくれた。買ってもらった本は湊の宝物になり、宝物は少しずつ増えていった。やがて湊は自分が先に立ち、母の手を引いて小走りで書店に向かうようになった。いつ訪れても、読みたい本が書店にはたくさん待っていてくれる。

「そんなに慌てなくても大丈夫だよ」

母は笑っていた。だが、本に対してひたむきな湊を慈しむように見ていた。

それは懐かしいものでも見るような目だった。

母と一緒に書店に行くことは月に幾度かの、何よりも楽しみな習慣になった。

「じゃ、いこっか」

渚が何気ない様子で声をかけ、湊は頷《うなず》いてすぐに支度をする。もう手はつながなくなっていたが、駅前の書店で母と本を選ぶ日々はこれからもずっと続いていくのだと思っていた。

しかし、湊が十二歳の年にその穏やかな時間は唐突に終わる。

渚が病であっけなくこの世を去ってしまったのだ。

何もかも後から知った。父は母が病に冒されていることをもちろん知っていたが、母の強い希望で湊には最後まで知らせなかった。父の態度はいたって普通で、口出しをすることもなく母を静かに支えていた。

母は湊に心配をかけぬよう、病院に通っていたことも隠していた。「洋裁教室に通っている」と母は嘘をつき、湊はそれを当然のように信じていた。

時折母の体調がすぐれない日があったが、「ちょっと風邪ひいただけ」だという言葉を愚直に信じていた。後から考えれば不自然な点がいくつもある。湊はただ情けなかった。自分のことで手一杯で、何一つ母を気遣えなかった自分を恥じた。しかしそれよりも何よりも、母にもう会えないことが信じられなかった。母がこの世にいない。その現実を受け入れられない。手を伸ばせば今もすぐそこに母がいるような気がしていた。

渚が亡くなって三ヶ月ほど、湊は塞ぎこんでいた。本を手に取る気にもならなかったし、何もする気が起きなかった。だがふと思い立って湊は自分の日記帳を開く――渚が亡くなるだいぶ前で書き込みは途絶えていた。が、その一番最後のページに「そろそろ本を読むべきじゃない？『窓の外へ』がいいと思うな」と見覚えのないメモが書き付けてあった。

どきん、と湊の心臓が音を立てた。それは紛れもなく、渚の筆跡だったからだ。

湊は慌てて渚の寝室へ行き、ずらりと本が並んだ書棚の中から『窓の外へ』

を見つけて取り出した。本を開くと、最後のページに挟まれた手紙が出てきた。

湊はまたしても心臓が止まりそうになる。

読みたい。でも怖い――迷いながらも、息を吸い込み、湊は手紙を開く。

「湊へ。本を手に取ってくれてありがとう。まず最初に約束です。お母さんは、この本棚の中にいくつかの手紙を残しました。ただし全部の本をひっくり返して手紙を読むのはルール違反です。必ず本一冊を最初に読み終えてから次の本へ行くこと。この手紙の続きは、『窓の外へ』を読み終わってから読んでね」

「な」、と湊は思わず声を出した。あまりにも渚らしい手紙だったからだ。

渚はいたずら好きな性格で、一緒にゲームをしたり、たまに本気のイタズラを仕掛けて驚かせたりするような子供っぽい一面を持っていた。お母さんというよりは友達のような、よく言えば面白い、悪く言えば変わり者の母親だった。

ここまで読んだだけで涙が出そうになったが、湊は母との約束を守ることにして読みかけた手紙を封筒にしまった。そして『窓の外へ』を読み始めた。

母を失った悲しみで本の世界とは遠ざかっていた湊だが、一行読み進めるごとに自然に物語の世界に吸い込まれていった。

――そうだ。本を読むって、こういうことだった。

湊の目は文字を追い、手はせわしなくページを繰った。するとだんだん心の中は落ち着いていった。物語の中に入っていけばいくほど、波立っていた心が穏やかになる。

気が付けば毎日学校の合間に少しずつ読み進めて一週間で一冊の本を読み終えた。達成感とともに、もう一つの楽しみであった手紙の続きに手を伸ばす。

母からの手紙は、読まれるのを待っているようにそこにあった。

「読了お疲れさま。一冊の本を読み終えるって、すごいことだよね。途中で投げ出さず、がんばったね。この本は私も大好きな本で、湊ぐらいの年で初めて読んだ思い出の本なのです。本の面白さを教えてくれた一冊かな」

――そうだったのか。

湊は納得した。言われてみれば、今まで湊が手にしてきた本よりも少し厚く、使われている言葉が少し難しかった。それでも内容が十分面白いので途中で投げ出してしまうことはなかった。

「次は『夏の庭のココット』がおすすめ。本棚にあるから探してごらん」

こうして湊はまた本棚を探ることになった。『夏の庭のココット』はすぐに見つかった。中には先の本と同じように手紙が入っていた。手紙を開いて読みたくなる気持ちをぐっとこらえ、本の中身をしっかりと嚙みしめて読んだ。悲しい物語だった。湊は気づかぬうちに涙を流しながらページをめくり、読み終わると幸福な結末にほっと胸を撫でおろした。

「泣いてしまったでしょう?」と手紙には書かれていた。「お母さんが初めて大泣きをしてしまった本です。ティッシュが足りなくなるぐらいにね!」

そこで湊は笑ってしまった。まったく同じ行動を、湊も取っていたからだ。すべてお見通しなんだな、と思うと嬉しくもあり、途方もなく悲しくもなった。

泣き腫らした目と赤くなった鼻で、湊は手紙を大切に机の引き出しにしまった。

それから湊が見つけた何通もの手紙には、本の内容に対する母の感想が書かれていた。湊が納得できるものもあれば「へえ」と意外に感じるものもあった。手紙の最後には必ず次の本の名前が書かれていた。本の場所は「家の本棚にあるよ」と書かれていることもあれば、「この本、うっかり旅行先に忘れてきちゃったの。駅前の本屋さんを訪ねてごらん」と書かれていることもあった。手紙には千円札が二枚、同封されており、その次に読むべき本もちゃんと手紙に書かれていた。

――私はお母さんと、本を通して文通しているみたいだ。

湊はそう感じることがあった。ただし手紙はあくまで一方通行だ。母の感想は読めても、湊の感想を伝えることができない。少し考えて湊は、自分のノートに感想を書くことにした。

母が薦めてくれる本には笑えるもの、泣けるもの、先が読めなくてドキドキするもの、一ページ読んでは辞書を引くような難しい本もあった。日本の作者が書いたものも、外国の作者が書いたものもあった。

「笑ったでしょう?」「難しくて一ヶ月放置したでしょう?」

添えられた母の手紙には、いちいち湊の行動を見透かすようなことが書かれていた。手紙を読みながら、湊は頷き、時に泣いたり、返事の代わりに自分だけの感想をノートに書いたりした。

選ばれた本に基準は見つけられなかった。ただ、母が大切に思っていた作品であることは間違いない。

湊は母から紹介される本を読むことで、母が本たちとともに歩んだ時間をなぞっているように思えた。紹介された本は湊が成長するにつれて内容が難しくなっていく。母の手紙にも、だんだんと漢字が増え、知らない言葉が使われるようになっていった。

湊は本と、母の手紙と一緒に大きくなっていった。

春が来て夏が過ぎ、秋と冬は駆け足で過ぎていった。時間が過ぎていくうちに、友達とのやり取りや学校の勉強に時間を取られ、本に没頭する時間が次第に少なくなっていった。それでも湊は本を離さなかった。

湊にとっては母の手紙は、母との大切な絆であり、残された者のたった一つの希望だった。

手紙の束は、机の引き出しの一段の半分を埋め尽くすほどに増えていた。最初のうちは次の本と手紙が楽しみで、夢中で追いかけていた。一つの物語を終えると次の物語へ。そうして渡り歩きながら湊はふと気づいたのだ。

——この手紙は全部で何通あるんだろう。

急に怖くなった。手紙には終わりがある。一冊の本に終わりがあることと同じだ。

読むペースを落とそうか。湊は真剣に何日も考えた。母との時間が終わってしまう——そう考えると身が竦《すく》んだ。

本棚の前で立ち尽くす湊は、ふいに母の笑顔を思い出した。

「湊。どうして泣いてるの？」

湊が幼稚園で友達とケンカしてしまったときも、小学校の授業中に失敗してしまったときも、泣き顔で帰ってきた湊を母は笑顔で迎えてくれた。

湊は想像してみる。母が生きていたら言いそうな言葉を。

「迷ったときは、面白そうなほうに進むことにしてるの」

記憶の中の母が笑う。母は湊を泣かせるために手紙を書いたわけじゃない。

湊は気がつくと、次の本に手を伸ばしていた。


さらに月日は過ぎ、とうとう、湊は最後の手紙を手にする。湊は十五歳。この春無事に受験を終えて、高校生になることが決まっていた。十分な時間の取れた春休みに湊は最後の本を読み、手紙を開いた。

「湊へ。これで本棚にお母さんが隠した手紙は最後です」

書き出しの一文で、湊はガツンと頭を殴られたような衝撃を受けた。予想はしていたが、目の前が暗くなる。だが、その後はいつものように本の感想が続く。手紙の最後の一文だけがいつもとは違っていた。

そこには住所と「古泉《こせん》書房」という書店名らしき名前が記されていた。

「この本屋さんに行ってみて。行き方は——」

何度もその手紙を読み直し、湊はすぐに身支度をして家を出た。

電車に乗って一駅。急いで湊が向かった先には本当に「古泉書房」があった。母の渚と二人で通った最寄り駅駅前の書店とは違う。そこはひっそりとした佇まいの古書店だった。古書店に入るのは、初めてだった。

勇気を出して扉を開くと、銀縁眼鏡をかけた初老の紳士が読んでいた本から顔を上げ、じっと湊の顔を見つめる。

「あなたはひょっとして、小森《こもり》湊さんですか？」

湊が頷くと、店主は黙って書棚の一角を指さした。

「あなたのお母さんから伝言を頼まれています。自分が亡くなって、もし女の子が訊《たず》ねてきたら、本を薦めて欲しいと」

湊は吸い寄せられるように書棚から一冊の本を抜き出した。店主が背後で小さく笑う。「あ、勝手に触ってすみません」と湊は詫びた。店主は首を横に振り、「それはあなたのお母さんが書かれた本ですよ」と告げる。

「ええっ？」

湊は思わず声を上げる。

「……やはり知らなかったんですね。あなたのお母さん、小森渚さんは『雪森《ゆきもり》渚』という作家だったんですよ」

湊は驚きの余《あま》り、手にしていた本をまじまじと見つめる。そして書棚に並んだ本を確認すると、まだ数冊、母の書き記した本が残っていた。

「母が、書いた本……」

まったく予想外だったが、あの母ならあり得るとも思う。いつも頭の中は空想でいっぱいのようだったし、近くにいても遠くを見ているような母だった。だが、母が小説を書き残してくれていた——その事実は湊に新たな希望をもたらした。母の小説を読み終えるまでまた母との時間が増えた気がした。

湊は棚を見渡し、少し迷ってからやはり手にしていた一冊を店主の元へ持って行った。

「……これをください」

店主は静かに頷き、さらさらとした手触りの紙袋に母の本を入れてくれた。

「本当は持っているお金の分だけ全部買いたいぐらいなんです……でも、一冊ずつ読み終えるたびにまた買いに来ます」

湊は自分の気持ちを説明するように店主に言った。店主はひっそりと微笑むだけだった。まるで湊がそう答えるのを知っていたかのように。

「そうですか、ではまた来られるのをお待ちしています」

ありがとうございます、と頭を下げて湊は「古泉書房」を出ようとした。胸に抱えた母の本が温かい。そのとき、店主が立ち上がって湊を呼び止めた。

「そうそう。お母さんからこれを預かっています」

そう言って、店主は湊に一通の手紙を渡した。もう受け取ることはないと思っていた母からの手紙。湊は驚いて持っていた本を落としそうになる。

しかし、湊はできるだけ平然とした表情でそれを受け取り、店から少し離れた海の見える場所まで歩いた。早く中を知りたい気持ちもあり、読むのが怖い気持ちもあった。少し迷った後、震える手で手紙を開く——。懐かしい母の筆跡だった。湊は唇を噛み、文字に目を落とす。泣くまいと思っていたのに、読む間に湊の目からは大粒の涙がこぼれ出した。

「湊へ。これが本当の本当に最後の手紙です。

ここまで辿り着いてくれてありがとう。これを読んでくれているあなたは、きっと本が大好きになってくれたのでしょう。とても嬉しいです。

私は自分の余命を知って、湊と自分のためにできることを考えました。たくさん迷いましたし、怖かった。でも私に残された時間は少なく、あなたがこれから生きる時間は希望に満ちて長い。考えた末に、私は残された時間を楽しむことにしたのです。それで、亡くなってからも湊と関わり、遊ぶことができる、このゲームを考えました。私の最後のわがまま、私との遊びに付き合ってくれて本当にありがとう。私は死んだ後も、あなたと本を通じて生きることができた。この手紙を読んでくれている成長したあなたに会うことはできないけれど、あなたの驚いている顔や泣いている顔、呆れている顔を想像しながら手紙を書くことは楽しかったです。

あなたに会えたこと、一緒に本を通して過ごせたこと、感謝してもし尽くせません。これから先はたくさんの本が、私の代わりにあなたの悩みや苦しみに寄り添ってくれると思います。うんと楽しんで。そして、いつかどこかでまた会いましょう。　あなたの母、小森渚より」

読み終えた湊はゆっくりと顔を上げた。そして静かに微笑み、歩き出した。

この物語はフィクションです。
実在の人物、団体等とは一切関係がありません。
本作は、書き下ろしです。

PROFILE 著者プロフィール

人生を買いに
朝来みゆか
十一月三日生まれ。O型。推していたアイドルがグループを卒業して、はや一年以上。はまるもののない日々を送っていましたが、最近、ヒゲダンの動画を見ていると、時間が倍速で進んでいることに気づきました。

取り置きされたままの一冊の本と
新井輝
ゲーム大好き作家。外出自粛中でも、ゲームと読書で今まで通り暮らせるインドア派。『君と過ごす最後の一週間』（マイナビ出版ファン文庫）、『ここは書物平坂〜黄泉の花咲く本屋さん』（富士見L文庫）など著作多数。

思い出は棚のどこかにある
石田空
『サヨナラ坂の美容院』（マイナビ出版ファン文庫）で紙書籍デビュー。著作は『神様のごちそう』（同上）、『縁切り神社のふしぎなご縁』（一迅社メゾン文庫）、『吸血鬼さんの献血バッグ』（新紀元社ポルタ文庫）。

君の棲む世界
金沢有倖
コメディやファンタジーが多く、京都、平安時代が舞台で、神社仏閣、神秘、伝説、占いものをよく執筆しています。代表作は『闇の皇太子』（ビーズログ文庫アリス）。

祖母の古書店
烏丸紫明
兵庫県在住の作家。2013年に別ペンネームで作家デビュー。2019年に烏丸紫明の名でキャラ文芸・ライト文芸ジャンルで活動開始。著書に『晴明さんちの不憫な大家』（アルファポリス文庫）など、多数。

さよなら、三毛猫書店
楠谷佑
富山県富山市生まれ。高校在学中の2016年、『無気力探偵〜面倒な事件、お断り〜』でデビュー。2018年、『家政夫くんは名探偵！』を刊行し、シリーズ化（ともにマイナビ出版刊）。

意味の消失、僕の再生
澤ノ倉クナリ
千葉県出身、長野県在住。短編小説は読むのも書くのも楽しいものですので、本作もお楽しみいただければ幸甚です。マイナビ出版ファン文庫より『黒手毬珈琲館に灯はともる』が発売中です。

手紙
杉背よい
著書に『あやかしだらけの託児所で働くことになりました』（マイナビ出版ファン文庫）、『まじかるホロスコープ☆こちら天文部キューピッド係！』(KADOKAWA)など。石上加奈子名義で脚本家としても活動中。

目蓋の裏に残るシャッターの色
遠原嘉乃
大阪府出身。『騎士団付属のカフェテリアは、夜間営業をしておりません。』、『化けてます―こだぬき、落語家修業中―』、『七まちの刃―堺庖丁ものがたり―』を刊行。

君へのエール
猫屋ちゃき
乙女系小説とライト文芸を中心に活動中。2017年4月に書籍化デビュー。著書に『こんこん、いなり不動産』シリーズ（マイナビ出版ファン文庫）『扉の向こうはあやかし飯屋』（アルファポリス）などがある。

きっと、この世界へ
溝口智子
星新一のショートショートを読んで育つ。小学校5年生まで、工場には人が居ず、フルオートメーションが当たり前だと思っていた。マイナビ出版ファン文庫に著作あり。お酒を愛す福岡県在住。ちゃぶ台前に正座して執筆中。

文具売り場の手塚治虫
迎ラミン
『白黒パレード～ようこそ、テーマパークの裏側へ！～』（マイナビ出版ファン文庫）で「第3回お仕事小説コン」優秀賞を受賞し2018年にデビュー。物語を書くのも読むのも好き。

書店であった泣ける話
～一冊一冊に込められた愛～

2020年6月30日　初版第1刷発行

著　者　朝来みゆか／新井輝／石田空／金沢有倖
烏丸紫明／楠谷佑／澤ノ倉クナリ／杉背よい
遠原嘉乃／猫屋ちゃき／溝口智子／迎ラミン
発行者　滝口直樹
編　集　ファン文庫Tears編集部、株式会社イマーゴ
発行所　株式会社マイナビ出版
〒101-0003　東京都千代田区一ツ橋二丁目6番3号 一ツ橋ビル　2F
TEL　0480-38-6872（注文専用ダイヤル）
TEL　03-3556-2731（販売部）
TEL　03-3556-2735（編集部）
URL　https://book.mynavi.jp/

イラスト　はしゃ
装　幀　徳重甫＋ベイブリッジ・スタジオ
フォーマット　ベイブリッジ・スタジオ
ＤＴＰ　木下雄介（マイナビ出版）
印刷・製本　中央精版印刷株式会社

 ISBN978-4-8399-7331-5
Printed in Japan